Eine wundersame Nacht

Geschichten zur Weihnachtszeit

von

Christian Rautmann

Für

Ulrike, Alexander und Isabel

*Bibliografische Information der Deutschen Nationalbibliothek:
Die Deutsche Nationalbibliothek verzeichnet diese Publikation
in der Deutschen Nationalbibliografie; detaillierte bibliografische Daten sind im Internet über http://dnb.dnb.de abrufbar.*

© 2016 Christian Rautmann

Illustrationen: Aleit Schnappauf / Christian Rautmann

Herstellung und Verlag: BoD – Books on Demand, Norderstedt

ISBN: 978-3-7412-9862-2

INHALTSVERZEICHNIS

Der Weihnachtsbaum   7
Nachtfahrt   19
Ein Schmetterling an Weihnachten   29
Das erste gemeinsame Weihnachtsfest   45
Ein besonderer Auftrag   53
Jesus auf dem Dach   59
Eine wundersame Nacht   71

DER WEIHNACHTSBAUM

Herbert Bär atmete schwer, als er den Koffer vor der Türe seiner Wohnung abstellte. Er zog ein Tuch aus seiner Hosentasche und wischte sich den Schweiß von der Stirn.
"Da merke ich wieder einmal, dass ich älter werde", stöhnte er kopfschüttelnd und suchte den Türschlüssel in seiner Tasche.
"Verflixt, wo ist er denn?", murmelte er. Doch so sehr er auch suchte. Er konnte ihn nicht finden. Er musste ihn in der Wohnung liegen gelassen haben.
Herbert dachte kurz nach. Hatte er nicht irgendwann einmal seinem Nachbarn einen Schlüssel gegeben? Hoffentlich war er zu Hause. Er ging über den Flur und klingelte.
Herbert war erleichtert, als er Schritte hörte und die Türe sich öffnete. Günter Pflug, ein kugelrunder und immer fröhlicher Mann, strahlte ihn an.

"Ah, der Herr Nachbar! Einen wunderschönen guten Tag wünsche ich!", lachte er. "Was kann ich denn für Sie tun?"
Herbert räusperte sich und machte eine hilflose Geste in Richtung seiner Wohnungstüre. "Ich war im Keller und habe den Schlüssel in der Wohnung liegen lassen. Ich hatte Ihnen doch mal einen gegeben, oder?"
"Aber sicher doch!" Günter Pflug lachte. "Zum Glück, was? Einen Moment."
Er verschwand in seiner Wohnung und kehrte kurz darauf mit dem Schlüssel zurück. Als er ihn Herbert gab, nickte er in Richtung des Koffers, der unübersehbar im Hausflur stand.
"Das sieht nach einer großen Reise aus? Wohin geht´s denn?"
Herbert schüttelte den Kopf.
"Nein, nichts Großes. Aber morgen fahre ich nach Köln und besuche über die Feiertage meinen Sohn und seine Familie."
"Na, das ist doch toll! Meine Tochter kommt mich auch besuchen. Wir gehen am ersten Feiertag schön essen.", sagte Günter Pflug und seine Augen glitzerten vor Freude. Dann sah er zu Herberts Türe. "Ich glaube, bei Ihnen klingelt das Telefon."
"Stimmt. Wer kann denn das sein?" Herbert winkte seinem Nachbarn dankbar zu, öffnete hektisch seine Wohnungstüre und lief zum Telefon.
"Hallo, Paps", meldete sich die Stimme seines Sohnes.
"Ah, Karsten. Wie schön. Was gibt es denn?", fragte Herbert.
"Du", begann sein Sohn zögernd. Erst nach einer Pause fuhr er fort. "Also, Paps. Das mit Weihnachten. Also, na ja. Das wird leider nichts. Es tut mir wirklich leid."
Herbert glaubte, sich verhört zu haben. "Was? Was meinst du damit, dass das nichts wird? Ich habe den Koffer gerade aus dem Keller geholt. Es ist alles fertig."
"Ja, weißt du. Wie soll ich es dir erklären?", stammelte Karsten. "Wir sind über Weihnachten nicht da."

Herbert schwieg.
Nach einer Weile fuhr Karsten fort: "Es ist eine tolle Gelegenheit für uns, weißt du? Ingo, ein Kollege von mir, hat ein Ferienhaus auf Mallorca. Eigentlich wollte er ja über Weihnachten selbst hin. Weil er jetzt aber keine Zeit hat, hat er mich gefragt. Du, das ist so ein Glück. Monika und die Kinder wollen auch unbedingt hin."
"Tja", sagte Herbert tonlos. "Toll für euch. Und wie kommt ihr hin? Habt ihr denn einen Flug?"
"Ja, mit viel Suchen. Felix hat stundenlang im Internet geschaut. Aber er hat etwas gefunden. Ist sogar ziemlich günstig. - Du, Paps. Da konnten wir nicht absagen. Das verstehst du doch? Du kannst dann doch im Januar zu uns kommen."
Herbert nickte resigniert. "Ja, ja. Ich habe mich halt auf euch gefreut. Aber nun ist es eben so. Viel Spaß! Und grüße Monika und die Kinder."
Er legte auf und betrachtete noch für einen Moment das Telefon, das da so harmlos auf der Anrichte im Flur stand. Nicht zu glauben, dass sich durch einen einzigen Anruf nun sein ganzes Weihnachtsfest geändert hatte. Er hatte sich so auf seine Enkelkinder gefreut.
Herbert ging ins Schlafzimmer und räumte langsam die Kleidungsstücke wieder in den Schrank, die er schon bereitgelegt hatte. Den Koffer würde er erst morgen wieder in den Keller tragen. Er beschloss, früh schlafen zu gehen.
Am nächsten Tag wachte er früh wie immer auf, ging in die Küche und kochte sich eine Tasse Kaffee. Eigentlich liebte er dieses Ritual, das er sich aus der Zeit bewahrt hatte, als er noch jeden Morgen frühzeitig hatte in der Fabrik sein müssen. Doch heute fühlte er eine seltsame Leere in sich. Es war der 24. Dezember und er wusste nicht, was er tun sollte. Er setzte sich in seinen Sessel, wo er nochmal einschlief.

Als er wieder wach wurde, ging er ziellos durch die Wohnung. Schließlich sah er aus dem Fenster. Auf der Straße waren viele Menschen unterwegs. Einige trugen Geschenke, viele schleppten große Einkaufstüten und ein junges Paar trug einen Weihnachtsbaum nach Hause.
Herbert lächelte müde. "Die sind ja ganz schön spät dran", sagte er zu sich selbst. Dann betrachtete er sein Wohnzimmer. "Kein bisschen weihnachtlich. Ich glaube, ich bin auch spät dran."
Ein Ruck durchlief Herbert. Schnell ging er zum Kühlschrank. "Und nichts zu essen", stellte er fest. "Was soll das denn für ein Weihnachtsfest werden?"
Er musste sofort los und sich einen Weihnachtsbaum und etwas Gutes zu Essen besorgen. Wenn er Weihnachten schon alleine verbringen musste, dann würde er es sich wenigstens schön machen.
Kurz darauf saß Herbert auch schon im Auto und war unterwegs zum Marktplatz. Dort hatte er vor einigen Tagen einen Christbaumstand gesehen. Und einen Baum wollte er nun zu allererst kaufen. Denn ein Weihnachtsfest ohne Baum konnte er sich nicht vorstellen.

In der Innenstadt herrschte lebhafter Verkehr. Von weihnachtlicher Stille war keine Spur. Im Gegenteil. Die Menschen schienen viel aufgeregter und hektischer zu sein als sonst. Herbert fand das schade. Aber er konnte es auch ein wenig verstehen, da die Geschäfte heute nur bis Mittag geöffnet hatten. Und wer nun noch Geschenke zu besorgen hatte, der war natürlich in Eile.
Herbert versuchte, ruhig zu bleiben und sich nicht anstecken zu lassen. Vor sich sah er bereits den Marktplatz. Und der Stand war auch noch da. Herbert fiel ein Stein vom Herzen. Er

hatte schon gefürchtet, dass er keinen Baum mehr bekommen würde. Hoffentlich hatten sie auch noch einen Kleinen, der in seine Wohnung passte.

Direkt vor dem Stand wurde gerade ein Parkplatz frei. Schnell steuerte Herbert darauf zu. Doch gerade, als er hineinfahren wollte, wurde er von einem anderen Wagen angehupt. Er blickte hinüber und erkannte hinter der Windschutzscheibe des wie ein Geländewagen aussehenden Fahrzeuges einen Mann, der wild gestikulierte und auf etwas deutete. Zunächst verstand Herbert nicht, was er meinte. Doch dann sah er, dass der Parkplatz, auf den er fast gefahren wäre, für Behinderte reserviert war. Und auf der Windschutzscheibe des Geländewagens klebte der blaue Aufkleber mit dem Rollstuhlfahrer.

Herbert nickte und winkte dem Mann zu, dass er den Parkplatz haben könne. Dann fuhr er weiter. Im Rückspiegel sah er den Geländewagen einparken und den Fahrer erstaunlich flink aus dem Wagen springen. Herbert schüttelte den Kopf. Behindert war der Kerl ganz bestimmt nicht. Der hatte ihn ganz schön reingelegt. Aber es half nichts. Er würde einen anderen Parkplatz finden müssen.

Als Herbert schließlich sein Auto einige Straßen weiter abgestellt hatte und beim Christbaumstand ankam, ging er direkt zum Verkäufer: Ein großer und dünner Mann, der eine grüne Jacke trug, einen bunten Schal um den Hals gelegt hatte und auf dessen Kopf eine rote Mütze mit einem glitzernden Stern darauf saß. Herbert fand, dass er in dieser Aufmachung selbst ein bisschen wie ein Weihnachtsbaum aussah.

"Nein", antwortete der Mann auf Herberts Frage nach einem kleinen Weihnachtsbaum. "Leider habe ich gerade den letzten verkauft. An den Herrn da".

Er deutete auf einen Mann, der einen Baum in seinem Geländewagen verstaute.

Herbert stöhnte. Das war ja schon wieder dieser Kerl, der ihm eben den Parkplatz weggenommen hatte. Und nun auch noch den letzten Weihnachtsbaum.

Der Christbaumverkäufer zog Herbert zu den größeren Bäumen.

"Sehen Sie doch mal diese hier an. Die sind auch nur etwas mehr als zwei Meter groß. Und sehr gut gewachsen! Schauen Sie!"

Er nahm einen der Bäume und stellte ihn vor Herbert auf.

"Nein". Herbert schüttelte den Kopf. "Vielen Dank, aber ich habe wirklich nur eine kleine Wohnung. Da passt so ein großer Baum nicht."

Und so ein teurer schon gar nicht. Aber das dachte er sich nur und sagte es nicht.

Der Christbaumhändler stellte den Baum wieder weg und kratzte sich am Kopf.

"Na ja. Vielleicht bekomme ich noch mal was rein. Wenn sie möchten, können sie mir ihre Telefonnummer geben. Ich rufe sie dann an. Versprechen kann ich aber nichts."

Während Herbert seine Nummer aufschrieb, hörte er, wie der Verkäufer sich mit einer Frau unterhielt, die sich erkundigte, ob denn so kurz vor Weihnachten die Bäume nicht etwas billiger wären.

Herbert gab dem Verkäufer den Zettel mit seiner Telefonnummer. Die Frau wirkte fast verzweifelt. Sie stand vor der Preistafel für die Christbäume, sah immer wieder in ihr Portemonnaie und schüttelte den Kopf. Er schätzte, dass sie vielleicht Mitte dreißig sein musste. Etwa im Alter seines Sohnes. - Der sich gerade auf dem Weg nach Mallorca befand, dachte er grimmig.

Er ging zu ihr. "Finden Sie auch keinen passenden Baum?", fragte er freundlich.

"Nein, leider", antwortete die Frau. "Dabei gefallen mir die Bäume ja sehr gut, aber ich habe einfach nicht so viel Geld." Zärtlich strich sie einem der Bäume über die Zweige.
Herbert lächelte verlegen. "Tja. Und mir sind sie leider zu groß. Ich wohne nur in einer kleinen Wohnung", erklärte er.
"Ich suche einen Baum für unser Kinderheim. Eine großen. Aber die hier sind alle zu teuer.", erläuterte die Frau.
Sie sah ihn traurig an. "Die Kinder brauchen doch einen Baum."
"Spenden denn nicht immer irgendwelche Firmen Bäume für die Kinderheime?", fragte Herbert.
"Ja, bis gestern war das auch bei uns so. Nur bekamen wir da einen Anruf, dass wir dieses Jahr keinen Baum bekommen könnten. Die wirtschaftliche Situation, Sparmaßnahmen und mit dem größten Bedauern. Und wir hätten sicher Verständnis. So eine Frechheit! Einen Tag vor Weihnachten!"
Bevor Herbert etwas erwidern konnte, unterbrach sie der Christbaumverkäufer.
"Fahren Sie doch mal in den Niederborn-Wald. Ich glaube der Förster hat noch Bäume. Und günstig soll es bei dem auch sein." Entschuldigend fügte er an die Frau gewandt hinzu: "Ich kann leider am Preis nichts machen."
Herbert schüttelte den Kopf. "Nein, das ist mir zu weit. Ich schaue erst noch mal woanders."
Als er sich nach der Frau umsah, war diese verschwunden. Schade, dachte Herbert und machte sich auf den Weg zurück zu seinem Auto.

Als er eine gute Stunde später doch zum Forsthaus unterwegs war, schimpfte er leise vor sich hin. Weder beim Baumarkt noch beim Gartencenter hatte es einigermaßen anständige Bäume gegeben. Und dann hatte der Verkäufer vom Christbaumstand angerufen und ihm gesagt, dass er doch keine Bäume mehr bekommen würde. Und nun hatte auch noch ein regelrechter Schneesturm eingesetzt, so dass er fast nur im Schritttempo vorwärtskam.

Seine Scheibenwischer arbeiteten auf Hochtouren. Trotzdem war die Straße nur mühsam zu erkennen. Zum Glück waren kaum Autos unterwegs.

Er sah auf die Uhr. "Schon halb eins", dachte er. Die Geschäfte schlossen bald und er hatte noch immer keinen Baum. Und auch noch nichts zu essen.

Vor sich erkannte er einen Geländewagen, dessen Räder durchdrehten und der deshalb die eigentlich nur leichte Steigung nicht hinaufkam. Langsam fuhr er an dem Fahrzeug, das offensichtlich nur eine Nachahmung war und nicht einmal Winterreifen hatte, vorbei. Irgendwie kam es ihm bekannt vor. Als er den blauen Aufkleber auf der Scheibe erkannte, sah er, dass es sich um seinen alten Bekannten handelte, der ihm Parkplatz und Weihnachtsbaum vor der Nase weggeschnappt hatte. Der Mann saß wild gestikulierend am Steuer seines Wagens. Als er Herbert sah, hielt er mit einem erstaunten Blick inne. Offenbar erkannte er auch ihn. Herbert winkte freundlich und fuhr lächelnd weiter. „Es gibt doch noch eine Gerechtigkeit auf der Welt", dachte er zufrieden.

Das Forsthaus lag einige Kilometer außerhalb. Wegen des dichten Schneetreibens kam Herbert nur langsam voran. Alleine schon deshalb, weil die Sicht schlecht war. So hätte er auch beinahe die Frau übersehen, die winkend am Straßenrand stand. Offenbar brauchte sie Hilfe. Herbert hielt an. Als er ausstieg, glaubte er kaum, seinen Augen zu trauen. Denn vor ihm stand die Frau, die er beim Christbaumstand kennengelernt hatte.

„Na, das ist ja ein Zufall", sage sie und deutete auf ihren Wagen. „Mir ist ein Reifen geplatzt und ich weiß nicht, was ich machen soll. Können sie mit bitte helfen?"
Herbert nickte und machte sich an die Arbeit. Schon bald war das Auto der Frau wieder fahrtüchtig. Da auch sie auf dem Weg zum Förster war, beschlossen sie, sich nun gemeinsam auf den Weg in den Wald zu machen.

Der Förster war bereits dabei, seine Sachen wegzuräumen. Als er die beiden kommen sah, winkte er. „Ach, da haben sie ja Glück. Ich wollte eigentlich schon vor einer halben Stunde zumachen. Aber sehen Sie sich nur in Ruhe um."
Herbert und die Frau, die sich inzwischen als Lisa Jung vorgestellt hatte, betrachteten die Bäume. Groß war die Auswahl auch hier inzwischen nicht mehr. Aber Herbert fand schnell einen Baum, der genau seinen Vorstellungen entsprach und perfekt in sein Wohnzimmer passen würde.
Auch Lisa schien fündig geworden zu sein, denn sie stand vor einem großen Baum und betrachtete ihn stirnrunzelnd.
Herbert ging zu ihr. „Haben Sie auch einen gefunden? Ganz schön groß ist der!"
Lisa sah ihn mit einem traurigen Blick an.
„Ja. Der gefällt mir sehr gut. Und er würde perfekt in den Speisesaal des Kinderheimes passen. Aber er ist zu teuer. Und geliefert werden müsste er ja auch noch. Von hier bekomme ich ihn nicht in die Stadt. Schade!"
Traurig schüttelte sie den Kopf und ging zu den kleineren Bäumen.
Herbert sah in sein Portemonnaie. Sein Geld würde gerade für den großen Baum reichen. Aber dann hätte er selbst keinen. Und mit einer Karte konnte er zwar im Supermarkt, aber nicht beim Förster zahlen. Er warf noch einen Blick zu Lisa, die sich

unentschlossen die kleineren Bäume ansah. Dann ging er zum Förster.

Kurz darauf traten die beiden Männer auf Lisa zu.
„Junge Frau", sprach der Förster Lisa an. „Dieser Herr hier hat soeben den großen Baum dort drüben gekauft."
Lisa sah zuerst den Förster an und dann Herbert.
„Ja, ich möchte, dass die Kinder einen schönen Weihnachtsbaum haben. Und Herr Waldner", er zeigte auf den Förster, „hat gesagt, dass er den Baum direkt und kostenlos liefern wird."
„Und ich stelle ihn auch noch auf, wenn Sie möchten", ergänzte der Förster mit einem breiten Lächeln.
Lisa sah die Männer fassungslos und an und fiel dann zuerst Herbert und danach dem Förster um den Hals. Außer immer wieder „Danke, danke", brachte sie nichts hervor.

Am Abend wärmte Herbert sich die Nudeln und das Würstchen auf, das er eigentlich gestern hatte essen wollen. Als er schließlich im Wohnzimmer saß und auf den fast heruntergebrannten Adventskranz sah, der nun sein ganzer Weihnachtsschmuck war, wurde er traurig.
Einen Baum hatte er sich nach seiner großzügigen Tat nicht mehr leisten können. Und auf dem Heimweg hatten er feststellen müssen, dass die Geschäfte schon geschlossen waren. Ein Weihnachtsessen hatte er sich also auch nicht mehr besorgen können. Doch er freute sich auch, weil er wusste, dass nun die Kinder im Heim einen schönen Weihnachtsbaum haben würden. Für die war das wichtiger, als für ihn. Da konnte er ruhig einmal auf seinen verzichten.
Gerade als er beginnen wollte, zu essen, klingelte es.

Wer konnte das sein? Der Nachbar? Er ging zur Türe und öffnete.

Es war nicht Günter Pflug. Vor ihm standen Lisa, der Förster und einige Kinder mit Nikolausmützen.

„Wir bringen Ihnen Ihren Weihnachtsbaum", sagte Herr Waldner und trug den Baum, den Herbert sich vorhin ausgesucht hatte, an ihm vorbei in die Wohnung.

Lisa lächelte ihn an. „Ich hatte ja noch Geld übrig. Da konnte ich mir den Baum für Sie noch leisten", sagte sie.

Herbert war sprachlos. „Aber woher haben Sie denn meine Adresse?"

„Vom Christbaumhändler. Mir fiel ein, dass Sie ihm doch Ihre Telefonnummer gegeben hatten. Und meinen Jungs hier", sie deutete auf die Kinder, die sie begleiteten, „fiel es nicht schwer, damit Ihre Adresse herauszufinden."

„So, den Baum habe ich aufgestellt", sagte der Förster, als er wieder aus der Wohnung kam und Herbert zufrieden ansah.

„Gut", sagte Lisa. „Und Sie beide nehmen wir jetzt mit ins Kinderheim. Wir wollen alle zusammen Weihnachten feiern.

Und ich glaube", sagte sie augenzwinkernd, „die Kinder haben auch Geschenke für Sie."

NACHTFAHRT

Karl Schön wurde allmählich müde. Er hatte seinen Dienst heute bereits um 12.30 Uhr angetreten. Da an den Weihnachtstagen viele seiner Kollegen Urlaub genommen hatten und nun auch noch einige Krankheitsfälle dazugekommen waren, hatte sein Chef ihn gefragt, ob er vielleicht ein paar Überstunden machen könnte.
Karl hatte sofort zugesagt. Ihm war es egal, ob er am 27. Dezember arbeiten musste. Zu Hause wartete ohnehin niemand auf ihn. Und das Geld konnte er gut gebrauchen. Er hatte schon lange einen neuen Computer im Auge. Den würde er sich nachträglich zu Weihnachten schenken.
"Na ja", dachte er und sah auf die Uhr, "halb eins — in einer Stunde bin ich zu Hause."
Er schloss die Türen, startete den Motor und lenkte den Stadtbus der Linie 42 auf die für heute letzte Fahrt in Richtung Endstation. In einer halben Stunde würde er den Wagen im Depot abgeben können und sich dann auf den Heimweg machen.

Er freute sich auf den Spaziergang zu seiner Wohnung. Es schneite und überall war Weihnachtsbeleuchtung zu sehen. Die kalte Luft würde sicher auch seine Kopfschmerzen vertreiben, die ihn nach diesem überlangen Arbeitstag plagten.
Eigentlich wünschte Karl Schön sich selten in sein Ein-Zimmer-Appartement zurück. Doch heute ließ der Gedanke an sein gemütliches Bett diese Aussicht verlockend erscheinen. Mit seinen nunmehr 38 Jahren hatte er es zu seinem eigenen Bedauern noch nicht zu mehr gebracht.
Der Grund lag aber weniger auf der finanziellen Seite als vielmehr darin, dass er einfach noch keine Frau getroffen hatte, mit der er ein gemeinsames Leben führen wollte. Für sich alleine empfand er ein Zimmer als völlig ausreichend.
Wahnsinn, was heute los war, dachte er. Den ganzen Tag war der Bus voll gewesen. Man konnte meinen, die Menschen hätten an den drei Feiertagen nur darauf gewartet, endlich wieder in die Geschäfte stürmen und Geld ausgeben zu können. Von Frieden und Freundlichkeit hatte er nur selten etwas spüren können. In dem Geschiebe und Gedränge des Busses hatte ständig eine gereizte Stimmung geherrscht.
Einmal hatte sogar eine alte Frau einem Fahrgast so mit ihrem Spazierstock auf den Kopf geschlagen, dass er einen Krankenwagen und die Polizei hatte rufen müssen. Und das nur, weil der junge Mann seinen Sitzplatz nicht hatte freimachen wollen. Karl schüttelte den Kopf.
Trotz allem waren die Menschen für ihn einer der interessantesten Aspekte seines Berufes. Die vielen Fahrgäste, deren Lebensweg sich auf den täglichen Fahrten mit dem seinen kreuzte. Manche waren für ihn schon wie alte Bekannte, da sie täglich die gleiche Strecke fuhren.
Zum Beispiel das junge Paar, das irgendwo in der Bankengegend arbeitete und immer abends gemeinsam heimfuhr; oder

die alte Dame, die er jeden Mittag in die Innenstadt brachte und am späten Nachmittag wieder mit zurücknahm.

Jetzt, auf der letzten Fahrt, waren nicht mehr viele Leute im Bus. Karl sah in den Spiegel, mit dem er den Innenraum des Fahrzeuges überblicken konnte: Ganz hinten saß eine Gruppe angeheiterter Jugendlicher, weiter vorne eine junge Frau mit ihrer Tochter, ein älterer Herr und ein junger Mann im Anzug — vermutlich auf dem späten Heimweg von der Arbeit.

Je weiter der Bus aus der Innenstadt heraus in die Wohnbezirke kam, desto ruhiger wurde es. Der Schnee, der in dicken Flocken fiel, und die weihnachtlich geschmückten Häuser wirkten zusätzlich beruhigend. Autos waren kaum noch auf der Straße. Der Schnee und die Dunkelheit deckten die Stadt zu, damit sie nun ruhig schlafen konnte. Karl lächelte bei diesem Gedanken.

An den letzten Stationen hatte sich der Bus völlig geleert, so dass Karl beinahe an der Haltestelle vorbeigefahren wäre. Er sah das kleine Mädchen, das dort wartete gerade noch rechtzeitig, fuhr in die für den Bus vorgesehene Bucht und öffnete die Türe.

Das Mädchen, es konnte nicht älter als zehn sein, trat sich den Schnee von den Schuhen, stieg in den Bus und legte schweigend das Geld für den Fahrpreis vor Karl. Den Blick hatte sie gesenkt.

Karl gab ihr die Fahrkarte. "Na, du bist ja spät unterwegs. Müsstest Du nicht schon längst zu Hause sein?"

Das Mädchen nahm den Fahrschein und schüttelte stumm den Kopf. Dann ging es in den hinteren Teil des Fahrzeugs.

Karl blickte ihr im Innenspiegel nach, während er die Türen schloss.

Na, sehr gesprächig ist sie ja nicht, dachte er. Komisch, dass das Kind noch so spät unterwegs ist. Und ganz alleine.

Den Rest der Strecke saß das Mädchen mit gesenktem Kopf still auf einem Fensterplatz. Von seiner Umgebung schien es keine Notiz zu nehmen.

Bekleidet war es mit einem recht teuer aussehenden dunkelblauen Wollmantel und einer dazu passenden Strickmütze. Offensichtlich kam das Kind aus einem guten Elternhaus. Umso mehr wunderte sich Karl, warum es so spät noch alleine unterwegs war.

Während er so nachdachte, erreichte der Bus die Endstation.

Er öffnete die Türen und sah nach hinten. Das Mädchen machte keine Anstalten aufzustehen, sondern schien sich vielmehr so tief wie möglich in den Sitz zu drücken.

"Komm, meine Kleine! Du musst jetzt aussteigen. Das ist die Endstation. Deine Eltern warten doch bestimmt zu Hause auf Dich?!"

Als Antwort bekam er nur ein leises Schluchzen zu hören. Karl ging nach hinten und setzte sich. Das Mädchen vergrub sein Gesicht in den Händen und weinte.

"Was ist denn los? Was hast du denn? Wohnst du hier in der Nähe?", fragte Karl und fühlte sich völlig hilflos.

"Ich, ich, weiß es nicht", kam zögernd die leise Antwort.

Karl kramte in seiner Taschen nach dem Schokoriegel, den er sich mittags gekauft hatte und reichte ihn dem Mädchen. Es sah ihn mit verweinten Augen an, nahm zögern den Riegel und öffnete ihn. Dann biss es ein großes Stück davon ab.

"Hast du Hunger?", fragte Karl.

Das Mädchen nickte kauend. Karl holte aus seinem Rucksack den Apfel, den er mittags noch übrig gelassen hatte.

Das Mädchen nahm ihn dankbar und biss direkt hinein.

"Wie heißt du denn? Und was machst du so spät alleine in einem Bus?

Zögernd erzählte Anna - so hieß sie - dass sie noch nicht lange in der Stadt wohne und jetzt ihre Mutter nicht mehr wiederfinden könne. Sie war alleine zu Hause gewesen und hatte beschlossen, ihre Mutter suchen zu gehen, die, soweit Karl verstand, zur Arbeit gegangen war.
Nur hatte Anna auf ihrer Suche die Orientierung verloren und den Heimweg nicht mehr gefunden. Schließlich war sie an der Bushaltestelle gelandet.
"Weißt Du was?", sagte Karl zu Anna, die bereits wieder etwas hoffnungsvoller aussah, "Ich rufe jetzt mal in der Zentrale an. Die sollen bei der Polizei nachfragen. Da hat sich deine Mutter bestimmt schon gemeldet."
Er ging mit Anna nach vorne zum Fahrersitz und nahm sie auf den Schoß. Neugierig sah sich das Kind die Instrumente an, während Karl die Zentrale anrief.
"Hallo, hier ist Karl! Ja, ganz schön spät. Ich weiß. Aber ich habe hier im Bus ein kleines Mädchen bei mir, Anna heißt sie, sie hat ihre Mutter verloren."
Dann gab er eine Beschreibung Annas durch und bat darum, bei der Polizei nach einer eventuellen Vermisstenanzeige zu fragen.
Wenige Minuten später kam die Rückmeldung: "Bei der Polizei liegt nichts vor."
"Das hatte ich fast befürchtet", murmelte Karl. "Wahrscheinlich hat Annas Mutter noch gar nichts bemerkt, weil sie noch bei ihrer Arbeit ist."
Alles, was Karl aus Anna noch herausbringen konnte, war, dass sie in einem schönen weißen Haus wohnte, das ganz hoch war und in dessen Nähe ein Spielplatz war. Immerhin konnte er über die Zentrale die Adressen von fünf Familien mit dem Namen Bürger — dem Nachnamen Annas - herausbekommen.

Da das Mädchen inzwischen ein gewisses Vertrauen zu ihm gefasst zu haben schien, wollte er es nicht einfach der Polizei übergeben. Außerdem war ja auch Weihnachten und eine gute Tat konnte sicher nicht schaden. Die Polizei konnte er immer noch einschalten, wenn er überhaupt nicht bei der Suche nach Annas Mutter weiterkam.

Also setzte Karl Anna auf einen Fahrgastplatz, startete den Motor seines Stadtbusses und machte sich erneut auf den Weg durch die Nacht — nur diesmal unter anderen Vorzeichen: Er wollte Anna nach Hause bringen. Dazu wollte er die Adressen anfahren und sehen, bei welcher es sich um Annas Zuhause handelte.

Kurz fragte er sich, ob er nicht einfach überall anrufen sollte. Aber es war inzwischen schon halb zwei geworden und alle Leute schliefen. Außerdem hatte Karl das Kind mittlerweile auch irgendwie ins Herz geschlossen und wollte ihm helfen.

Während Anna jetzt ruhig auf einer Doppelsitzbank schlief, fuhr der Bus durch die nun bis auf einige unentwegte Nachtschwärmer völlig ausgestorbenen Straßen.

Vereinzelt waren in den Häusern noch erleuchtete Fenster zu sehen. Auch die Weihnachtsbeleuchtung war inzwischen weniger geworden.

Nun fuhr der Bus durch die Straßen einer Villengegend.

Hier fahren normalerweise ja eigentlich keine Busse, dachte Karl mit einem Schmunzeln. Zum Glück ist kaum noch jemand auf der Straße, der uns sehen kann. Sonst gäbe es ja doch einige erstaunte Gesichter.

Albertstraße Nr. 5, die erste Adresse, war ein weißer Bungalow. Da Annas Beschreibung so gar nicht auf dieses Gebäude passte, gab Karl direkt wieder Gas und steuerte das nächste Ziel an. Er kam jedoch nur wenige hundert Meter weit. Eine

Polizeistreife, der der so gar nicht in diese Gegend passende Bus aufgefallen war, hielt Karl an.

"Was machen Sie denn hier? Hier fährt doch gar kein Linienbus. Und schon gar nicht um diese Zeit", sagte der Beamte, ein Mann von mittlerem Alter und einem nicht unbeträchtlichen Bauchumfang.

Karl erzählte die ganze Geschichte. Der ursprünglich missbilligende Gesichtsausdruck des Beamten verschwand nach und nach und kehrte nur kurz zurück, als Karl seinen Entschluss darlegte, die Polizei erst einmal nicht einzuschalten.

"Nun sind wir ja da, um zu helfen. Zeigen Sie mir einmal die restlichen vier Adressen.", sagte der Beamte.

"Diese hier und diese liegen auch in einem solchen Wohngebiet. Dort sollten wir zuletzt hinfahren. Ich schlage vor, wir nehmen uns als nächstes die Müllerstraße vor. Da gibt es recht neue Mietshäuser mit mehreren Stockwerken. Die könnten zur Beschreibung passen."

So ging die nächtliche Busfahrt nach diesem kurzen Aufenthalt weiter. Diesmal fuhr aber noch ein Streifenwagen der Polizei voraus.

Nach knapp 10 Minuten gelangte der kleine Zug in die Müllerstraße Nr. 16. Das Haus hatte vier Stockwerke, war weiß und auf der Fahrt dorthin waren sie kurz zuvor an einem Spielplatz vorbei gekommen.

Karl ging zu Anna und rüttelte sie sanft an der Schulter.

"Wach auf! Du musst schauen, ob Du hier zu Hause bist."

Langsam schlug das Mädchen die Augen auf, sah aus dem Fenster und brach in ein Freudengeschrei aus, das Karl dem kleinen, ruhigen und eben noch so müden Kind ganz und gar nicht zugetraut hätte.

Da Annas Mutter nicht auf ihr Klingeln öffnete, war wohl davon auszugehen, dass sie sich tatsächlich noch bei der Arbeit befand. Doch gerade als Karl mit den Polizisten beratschlagte, was nun zu tun sei, bog eine junge Frau um die Ecke, deren - angesichts des seltsamen Fuhrparks - zuerst leicht verblüffter Gesichtsausdruck sich schnell in großen Schrecken verwandelte, als sie ihre Tochter bei den Wagen stehen sah.

Atemlos kam sie angelaufen.

"Was ist denn los? Anna geht es Dir gut? Was machst Du denn hier auf der Straße?"

Das Kind wirkte im Arm seiner so lange vermissten Mutter unendlich glücklich, während der Blick von Frau Bürger fragend auf Karl gerichtet war.

In diesem Moment rief der andere Beamte aus dem Wagen, dass es einen Einsatz gäbe. Nach einer kurzen und eiligen Verabschiedung waren Frau Bürger, Anna und Karl alleine.

Dieser begann nun seine Erzählung der nächtlichen Ereignisse, die Annas Mutter von einem Schrecken in den nächsten zu werfen schien. Ihre Tochter fest an sich drückend, stammelte sie: "Ich danke Ihnen sehr, für alles, was sie getan haben. Anna ist doch alles, was ich noch habe. Gar nicht auszudenken, wenn ihr etwas passiert wäre. Vielen vielen Dank!"

Dann verschwanden sie im Hauseingang.

Einige Tage später, Karls Bus stand gerade an einer Haltestelle, sagte plötzlich eine Stimme neben ihm: "Guten Tag, Herr Schön, Anna und ich würden gerne wissen, ob sie heute Abend ihren Bus nochmal in die Müllerstraße fahren würden. Wir möchten Sie gerne zum Essen einladen und uns für ihre Hilfsbereitschaft bedanken."

Als Karl aufsah, sah er in die dunkelbraunen Augen von Annas Mutter, die auf ihn gerichtet waren. Sein Herz schlug einen Purzelbaum. Dann lächelte er.
"Ich fürchte, den Bus werde ich nicht noch einmal mitbringen können. Aber ich komme sehr gerne", sagte er schließlich lachend.
In diesem Moment war er sehr froh, dass Anna vor ein paar Tagen von zu Hause weggelaufen war.

Ein Schmetterling an Weihnachten

Es regnete und regnete und regnete. Von dem angekündigten Schnee war weit und breit nichts zu sehen. Stattdessen hatte sich der Garten in eine Matschwüste verwandelt und im Straßengraben floss ein Bach, der sich gluckernd und sprudelnd in die Gullys ergoss.
„Warum wird es denn nicht kalt?", fragte sich Klara, während sie bekümmert aus dem Fenster ihres Kinderzimmers in den Garten blickte. Irgendwo musste doch wenigstens ein bisschen Schnee zu finden sein. Es war doch Dezember und in drei Tagen war Weihnachten!
Stattdessen: Nur Regen! Und einen Weihnachtsbaum würde es wahrscheinlich auch wieder nicht geben. Irgendwie passte das zum Wetter.
Unzufrieden setzte sich Klara an ihren Basteltisch, nahm die Buntstifte und begann einen Christbaum zu malen.

Was hatten Mama und Papa nur gegen Weihnachten? Sie hatten ihr mal erklärt, dass es dabei nur um Geld und Geschenke ginge und die Geschichten vom Christkind und dem Nikolaus sowieso nur ausgedacht wären.

Aber das stimmte nicht! Klara knallte ihren Stift wütend auf den Tisch. Sie wusste einfach, dass es anders war. Das Christkind existierte! Zu ihren Freundinnen kam es doch auch. Wieso nicht zu ihr?

Klara zuckte zusammen. Etwas war an ihr vorbeigeflattert! Sie sah sich in ihrem Zimmer um: Puppenhaus, Bett, Kleiderschrank, Kaufladen, Spieltisch. Alles war unverändert. Aber da war etwas gewesen. Da war sie sicher. Sie sah sich alles noch einmal genau an. Dann entdeckte sie es: Auf der Schleife ihrer Hello-Kitty-Lampe saß - ein Schmetterling.

Ein Schmetterling? Konnte das sein?

Klara zog den Stuhl vom Basteltisch heran und kletterte darauf. Bis ganz hinauf an die Lampe kam sie zwar noch nicht, dazu war sie mit ihren 8 Jahren noch zu klein, aber wenigstens konnte sie das Tier jetzt besser sehen.

Es war tatsächlich ein Schmetterling. Und ein besonders bunter noch dazu. Er leuchtete in allen Farben: Rot, blau, grün, gelb, lila und vielen anderen. Er war wunderschön. So einen hatte Klara noch nie gesehen. Schon gar nicht im Winter. Und erst recht nicht in ihrem Zimmer. Wo kam der nur her?

„Hallo, du", sagte sie leise, weil sie nicht recht wusste, was sie tun sollte und Angst hatte, das Tier zu erschrecken.

„Wo kommst du denn nur her? Soll ich dich vielleicht rauslassen?"

Sie stieg vom Stuhl und öffnete das Fenster. Dann sah sie hinauf zur Lampe. Der Schmetterling rührte sich nicht.

Klara lachte. „Du hast Recht. Draußen ist es ja viel zu nass und zu kalt. Das ist nichts für dich."

Sie schloss das Fenster wieder. Da kam der Schmetterling angeflattert und setzte sich auf ihren Arm. Sie stand ganz still und wagte kaum zu atmen. Auch der Schmetterling rührte sich nicht.
Die Türe öffnete sich und ihre Mutter sah herein.
„Klara, kommst du bitte runter? Es gibt gleich Essen."
„Ja, Mama. Ich komme gleich. Hier, schau mal."
Sie hob vorsichtig den Arm mit dem Schmetterling darauf an.
„Wo hast du denn den her? Jetzt im Winter? So was habe ich ja noch nie gesehen", sagte ihre Mutter und kam näher.
Doch bevor sie den Schmetterling genauer betrachten konnte, rumste es irgendwo unten im Haus.
„Ach du meine Güte", rief Mama, „Ich gehe lieber mal nachschauen, was dein Bruder da unten treibt. Du kommst dann bitte gleich. Das Essen wird sonst kalt."
Damit verschwand sie. Klara sah ihr nach. Als sie wieder zum Schmetterling auf ihrem Arm blickte, merkte sie, dass auch der ihrer Mutter nachgesehen hatte und sich nun wieder ihr zuwandte.
„Kannst du mich etwa verstehen?", fragte Klara ungläubig und hob den Schmetterling nahe vor ihre Augen.

Als Antwort erhielt sie ein kaum wahrnehmbares Nicken des winzigen Kopfes.
Klara konnte es nicht fassen. Bildete sie sich das ein oder hatte der Schmetterling gerade wirklich genickt?
Sie hatte eine Idee.
Vorsichtig ging sie zum Regal und öffnete ihre Bastelkiste. Da sie sehr ordentlich war, fand sie schnell die kleine Insektenlu-

pe, die Opa ihr zum Geburtstag geschenkt hatte. Damit betrachtete sie nun den Schmetterling.

Sie konnte jetzt sein Gesicht gut erkennen. Zwei Augen sahen sie freundlich an, die beiden Fühler tanzten fröhlich umher, und sein Mund schien zu lächeln.

„Kannst du wirklich verstehen, was ich sage?"

Der Schmetterling nickte erneut, legte den Kopf etwas schräg und sah Klara an.

"Kannst du vielleicht auch sprechen?", fragte sie.

An Stelle einer Antwort flog der Schmetterling zu Klaras Kindertafel, die an der Wand hing, lief ein wenig auf der Kreide hin und her und begann dann über die Tafel zu huschen, wobei er zarte Kreidespuren hinterließ.

Klara ging näher heran und sah nach, was der Schmetterling dort tat. Erst bei genauem Hinsehen und mit Hilfe ihrer Bastellupe erkannte sie, dass es winzige Buchstaben waren, die er an die Tafel geschrieben hatte.

Klara las: „Ja, ich kann sprechen. Aber meine Stimme ist zu leise für dich. Daher schreibe ich dir. Mein Name ist Zumina und ich bin hier, weil das Christkind deine Hilfe braucht."

„Was? Das Christkind? Wirklich? Und es braucht meine Hilfe?", sagte Klara. „Mama und Papa sagen immer, es gibt kein Christkind."

Zumina huschte erneut über die Tafel.

„Du musst nicht alles glauben, was die Erwachsenen erzählen. Sie haben leider vieles von dem vergessen, was sie als Kinder gewusst haben. - Hilfst du uns?"

Klara nickte.

„Ja, aber natürlich. Das möchte ich sehr gerne. Aber was kann ich denn tun? Außerdem muss ich gleich zum Essen."

„Geh nur. Ich warte hier auf dich.", schrieb Zumina. „Wenn du zurückkommst, machen wir uns auf den Weg. Deine Eltern werden nichts merken."
Zumina flog in Klaras Puppenhaus und setzte sich auf das kleine rote Sofa im Wohnzimmer.

Klara wischte die Tafel und rannte hinunter. Sie war so aufgeregt, dass sie auf der Treppe beinahe ihre Mutter umgerannt hätte.
„Pass auf! Nicht so eilig! Aber endlich kommst du. Ich wollte gerade nochmal rufen. Also los jetzt!"

Obwohl es Maultaschen gab, die eines von Klaras Lieblingsessen waren, brachte sie kaum etwas hinunter. Immer wieder fragte sie sich, ob sie das alles nur geträumt hatte. Ein Schmetterling, der an ihre Tafel schrieb. Das Christkind, das ihre Hilfe brauchte?
„Klara? Klaaaaraaa!"
Vaters Stimme riss sie aus ihren Gedanken. Ihre Eltern sahen sie an.

„Was ist denn los, Klärchen?", fragte Mutter, „Du hast fast nichts gegessen und scheinst auch ganz woanders zu sein. Geht es dir nicht gut?"
„Äh, doch. Na ja. Bin so müde.", stotterte Klara.
„Dann geh am besten schnell ins Bett. Los, hoch mit dir."
Klara gab ihren Eltern einen Gutenachtkuss und ging nach oben.

Zumina flatterte ihr entgegen, als sie ins Zimmer kam. Dann setzte sie sich wieder auf die Tafel und schrieb eine weitere Nachricht.
Klara las: „Das Christkind ist krank. Du musst ihm helfen. Sonst gibt es kein Weihnachtsfest."
„Krank? Was hat es denn? Braucht es einen Arzt?"
„Nein, keinen Arzt. Es braucht deine Hilfe. Komm mit mir. Ich bringe dich hin."
Zumina flog auf die Fensterbank und schien dort auf Klara zu warten.
„Aber...", begann Klara und ging zögernd zum Fenster.
Da erst sah sie den Schlitten. Direkt draußen. Er schwebte einfach vor der Fensterbank. Er war rot und hatte goldene Sterne, Engel und viele andere Verzierungen. Gezogen wurde er von vier großen Hirschen. Oder waren das etwa Rentiere? Und vorne auf dem Kutschbock saß ein Mann mit einem langen weißen Bart und lächelte Klara freundlich an.
„Bist du etwa der Weihnachtsmann?", fragte Klara vorsichtig.
Der Mann lächelte.
„Nikolaus ist mir lieber. Ich trinke nicht so gerne Limonade und zwänge mich auch nicht durch Schornsteine. Steig ein. Dann geht es gleich los. Du brauchst keine Jacke. Es ist warm im Schlitten."

Klara kletterte hinaus und setzte sich. Zumina ließ sich wieder auf ihrem Arm nieder.

Es war tatsächlich mollig warm, obwohl der Schlitten kein Dach hatte. Und nass wurden sie auch nicht. Dabei regnete es noch immer.

„Sitzt ihr gut?", fragte der Nikolaus und drehte sich zu Klara und Zumina um.

Klara sah Zumina an und nickte. Sagen konnte sie gerade nichts. So aufgeregt war sie.

„Dann geht es los. Hü!", rief der Nikolaus.

Die Rentiere liefen los und der Schlitten sauste hoch in den Himmel. Klara hielt sich fest, so gut sie konnte. Erst nach einer Weile traute sie sich, hinaus zu sehen. Dort lag, weit unten, die Stadt, in der sie wohnte. Immer kleiner wurden die Häuser und verschwanden schließlich ganz, als sie in die Wolken flogen.

Eine ganze Zeit ging die Fahrt über eine geschlossene Wolkendecke, die wie ein unendlich weites Schneefeld unter ihnen lag. Der Schlitten des Nikolaus sauste darüber hinweg und

Klara vergaß völlig ihre Aufregung. Sie lachte und jubelte, so unbeschreiblich schön war die Fahrt.

Dann stieg der Schlitten noch weiter in die Höhe und hob von den Wolken ab. Mit einem Mal war es dunkel um sie herum. Doch von überall her glitzerten Sterne. Klara hatte keine Angst. Sie fühlte sich beim Nikolaus und Zumina sicher. Und die Sterne schienen ihr zuzulächeln.

Viel zu schnell war die Fahrt zu Ende und sie hielten an. Wieder hatte sich alles um sie herum verändert. Sterne waren nicht mehr zu sehen. Auch keine Wolken. Stattdessen war alles weiß und golden und leuchtete auf eine Art, die Klara von innen erwärmte und glücklich machte.

„Wir sind da.", sagte der Nikolaus, „Hier lebt das Christkind. Zumina wird dich zu ihm führen."

Klara nickte stumm und lächelte den Nikolaus an. Sie wusste nicht, was sie sagen sollte. Das alles war einfach zu unglaublich. Ob sie wohl träumte? Es konnte doch nur ein Traum sein!

Zumina flatterte ihr um den Kopf herum und setzte sich auf ihre Nase. Klara musste schielen, um sie zu sehen. Dann flog sie in einen Gang hinein und Klara folgte ihr.

Auf einmal kam ihnen ein Engel entgegen. Klara blieb stehen. Ein Engel? Ein echter Engel mit goldenen Haaren in einem weißen Kleid? Und einen hellen Schimmer hatte er um den Kopf.

Der Engel, der einen ganzen Berg Geschenke in einem Wagen hinter sich herzog, blieb stehen und redete leise mit Zumina. Dann verbeugte er sich vor Klara.

„Vielen Dank, dass du dem Christkind hilfst. Das ist sehr lieb von dir."

„Ja, sicher, natürlich", stotterte Klara, „Bist du wirklich ein Engel? Ein ganz echter?"

„Ja, das bin ich. Ein Weihnachtsengel, weißt du."
Er deutete auf die Geschenke.
„Entschuldige, aber ich muss weiter. Und auf dich wartet ja auch das Christkind."
Klara nickte und lief schnell zu Zumina, die schon ungeduldig umherflatterte.
Je weiter sie gingen, desto mehr Weihnachtsengel trafen sie. Fast alle zogen Wagen mit Geschenken hinter sich her oder trugen sie in großen Stapeln.
Schließlich kamen sie zu einer Türe, auf der unzählige goldene Sterne glitzerten. Als Zumina sich ihr näherte, öffnete sie sich von allein. Vorsichtig trat Klara in den dahinterliegenden Raum. Zumina blieb zurück.

Klara wusste sofort, dass sie diesen Moment niemals in ihrem Leben vergessen würde. Der Raum war von einem solchen weihnachtlichen Glanz erfüllt, wie sie ihn noch nie gesehen hatte. Überall glitzerte und funkelte es. Sanfte Musik lag in der Luft und es roch sogar nach Weihnachten. Am stärksten aber spürte Klara den Frieden und die Freude, die in der Luft lagen.
„Danke, dass du zu mir gekommen bist", sagte eine zarte Stimme.
Klara sah sich um. Dann erblickte sie das schönste, zarteste und wunderbarste Wesen, das sie je gesehen hatte. Es war von einem strahlenden Kranz aus Licht umgeben, trug ein weißes Kleid und hatte goldene Haare. Es schwebte auf sie zu.
„Bist du ...? Bist du wirklich das Christkind? Das echte?", fragte Klara zögernd.

Das Christkind lächelte schwach und nickte. „Ja, das bin ich."
„Aber, du siehst traurig aus."
Es seufzte. „Ja, das bin ich auch. Ich freue mich aber sehr, dass du hier bist."
Dann schwieg es und sah Klara an.
„Kann ich dir helfen?", fragte sie. „Kann ich etwas tun? Sag mir doch, was du hast? Tut dir etwas weh?"
Das Christkind lächelte.
„Alleine, dass du hier bist, macht mich froh. Aber, weißt du, ich bin so müde. Ich schaffe es einfach nicht mehr, die Geschenke zu den Kindern zu bringen."
„Soll ich dir vielleicht tragen helfen?", fragte Klara und sah sich nach den vielen Paketen um, die überall lagen.
Das Christkind winkte ab.
„Nein, das tun schon die Weihnachtsengel. Ich bin so müde, weil es fast keine Kinder mehr gibt, die an mich glauben. Geschenke wollen sie aber natürlich alle haben."
„Ich glaube an dich", sagte Klara.
Das Christkind strich ihr sanft über das Haar.

„Ja, das weiß ich. Und deswegen hatte der Nikolaus auch die Idee, gerade dich zu holen. Weil du an mich glaubst, obwohl sogar deine Eltern mich vergessen haben."
Klara sah zu Boden.
„Na ja. Ich habe schon oft versucht, es ihnen zu erklären. Aber sie sagen immer nur, das wäre alles Unsinn und es gäbe dich gar nicht."
„Siehst du. Dabei haben auch deine Eltern als Kinder gewusst, dass es mich gibt. Leider vergessen Erwachsenen so viele wirklich wichtige Dinge."
Klara schwieg betreten.
„Aber, dass nun auch so viele Kinder nicht mehr an mich glauben", fuhr es fort, „das macht mich so traurig, dass ich mich kaum noch bewegen kann."
Das Christkind ließ sich in einen Sessel sinken. Es schien völlig erschöpft zu sein.
„Aber das stimmt nicht!", rief Klara, „es gibt so viele Kinder, die auf dich warten und sich auf dich freuen. Ganz bestimmt!"
Das Christkind lächelte und schüttelte müde den Kopf.
„Lieb, dass du das sagst. Aber in Wahrheit geht es allen doch nur um Geschenke, oder? Die muss ja nicht mal ich bringen. Da helfen mir sowieso schon immer die Eltern."
Klara betrachtete das Christkind, wie es da so traurig in seinem Sessel saß. Irgendwie konnte sie es verstehen.
„Ich freue mich auch auf meine Geschenke. Ich möchte aber, dass du sie bringst."
Das Christkind sah müde auf.
„Das ist lieb von dir. Aber ich glaube, dass deine Eltern das schon gut machen."
„Und was ist mit den Kindern, deren Eltern ihnen nichts schenken können?"

Klara dachte an ihre Freundin Nadra, deren Eltern nur wenig Geld hatten.

„Und es gibt ja auch Kinder, die gar keine Eltern mehr haben. Wer bringt denen denn ein Geschenk?", fragte sie weiter.

Das Christkind sah auf.

„Ja, da hast du schon recht", sagt es zögernd.

„Und außerdem", meinte Klara, „war ich schon einmal mit Oma und Opa in einer Stadt, wo sogar mit einem Feuerwerk gefeiert wurde, dass du kommst."

„Wissembourg?", fragte das Christkind und wirkte auf einmal nicht mehr ganz so müde. „Ja, das hatte ich vergessen. Die strahlenden Augen der Menschen, die dort meine Ankunft feiern, schaue ich mir immer wieder gerne an."

Es stand auf und nahm Klara an der Hand.

„Wollen wir es uns zusammen ansehen? Heute ist der Tag."

Klara nickte stumm und folgte dem Christkind.

Wenig später schwebten sie über einer Menschenmenge, die sich auf einem Platz versammelt hatte, in dessen Mitte eine Bühne stand.

„Die Menschen können uns nicht sehen", sagte das Christkind und ließ sich mit Klara auf dem Dach eines Hauses nieder.

Laute Musik ertönte. Ein Gruppe Trommler zog mit Getöse auf dem Platz ein. Ihnen folgten Feuerschlucker und Künstler, die ihre Fackeln immer wieder durch die Luft wirbeln ließen. Und schließlich sah Klara die goldene Kutsche, in der eine weiß gekleidete Frau saß.

„Da kommt das Christkind", flüsterte sie und deutete nach unten.

„Ja", sagte das echte Christkind und lächelte. „Sieh dir die Menschen an, Klara. Alle sind verzaubert."

„Ja, alle freuen sich.", antwortete Klara, „Siehst du. Sie mögen dich. Auch ohne Geschenke."

Das Christkind nickte. „Du hast Recht. Für alle, die an mich glauben, will ich da sein. Danke!"

„Geht es dir wieder besser?", fragte Klara. „Fällt Weihnachten nun doch nicht aus?"

Das Christkind lachte. „Nein, solange es Kinder wie dich gibt und Menschen, wie diese hier, dann gibt es auch Weihnachten."

Sie betrachteten sich noch zusammen die Vorführung der Feuerkünstler und das anschließende Feuerwerk, zu dem weihnachtliche Musik gespielt wurde. Sie hörten den Jubel der Menschen und sahen das Staunen der Kinder. Alle waren glücklich und freuten sich. Klara spürte, wie das Christkind selbst von dieser Freude erfüllt wurde und neue Kraft schöpfte.

Als sie später wieder im Zuhause des Christkinds waren, war leider die Zeit des Abschieds gekommen.

„Vielen Dank, liebe Klara! Du hast mir sehr geholfen."

Es griff sich ins Haar und hielt Klara ein glänzendes Schmuckstück hin.

"Hier! Als kleines Dankeschön schenke ich dir diese goldene Haarspange."

Klara nahm die Spange vorsichtig und betrachtete sie. Sie glitzerte und hatte die Form eines Engelsflügels.

„Es gibt noch eine zweite, die ich weiter tragen werde.", sagte das Christkind. "Immer, wenn du deine Haarspange trägst, werden wir miteinander verbunden sein."

Es legte Klara sanft die Hand auf die Schulter.

„Und nun geh. Der Nikolaus wird dich in seinem Schlitten zurückbringen. Ich habe noch viel zu tun." Es lächelte fröhlich. "Schließlich ist Weihachten!"

Das Christkind und Klara lachten und umarmten sich zum Abschied. Dann kam Zumina und brachte sie zurück zum Nikolaus.

Am nächsten Morgen erwachte Klara in ihrem Bett. Was für ein schöner Traum das gewesen war. Sie sah sich um. Ja, sie war zu Hause. Von unten hörte sie die Stimmen ihrer Eltern.

Die Türe zu ihrem Zimmer öffnete sich und Mama sah herein.

„Na, du Langschläferin. Komm frühstücken. Es gibt frische Brötchen. Und dann gehen wir einen Weihnachtsbaum kaufen."

„Einen Weihnachtsbaum? Ich dachte, wir brauchen keinen?", fragte Klara.

Mutter nickte. „Das dachte ich auch. Aber Papa und ich hatten heute Nacht beide denselben Traum. Komisch, oder? Aber das Christkind kam zu uns und freute sich sehr über unseren schönen Weihnachtbaum. Da haben wir gedacht, dass wir vielleicht doch einen kaufen sollten."

Sie lächelte. „Komm jetzt runter."

Als sich die Türe wieder hinter ihrer Mutter geschlossen hatte, sprang Klara aus dem Bett und zog sich rasch an. Das war toll.

Also gab es doch einen Weihnachtsbaum. Ihre Eltern hatten die Meinung geändert. Ob das Christkind etwa ...? Nein, das hatte sie doch alles nur geträumt.

Da fiel ihr Blick auf den Nachttisch. Dort lag eine Haarspange in Form eines Engelsflügels.

Draußen hatte es begonnen zu schneien.

DAS ERSTE GEMEINSAME WEIHNACHTSFEST

Als Lia die Wohnungstüre öffnete, glaubte sie, Ihren Augen nicht mehr trauen zu können. Der Flur war angefüllt mit Rosen. Wunderschönen roten Rosen. Zehn, elf, nein sogar zwölf Sträuße standen da. Sie kam kaum mit ihrem Trolley zur Türe herein.
"Herzlich willkommen, meine Liebste!"
Am anderen Ende des Flurs, jenseits des Rosenmeeres, stand Jost. Er strahlte Lia an und deutete auf die Blumenpracht..
"Gefällt dir mein Willkommensgruß? Es sind 153. Für jeden Tag, den wir zusammen sind, eine."
"Du bist doch verrückt! Aber es ist wunderbar!"
So also fühlte es sich an, wenn man nach Hause kam. Wirklich nach Hause. Sie ging zu ihm und küsste ihn lange und intensiv.

"Wie war deine Reise?", fragte Jost schließlich, "Hast du schöne Fotos gemacht?"
Lia nickte.
"Ja, die Bilder sind ziemlich gut geworden, denke ich. Die Redaktion dürfte zufrieden sein."
"Toll, du kannst sie mir nachher ja mal zeigen. Aber jetzt habe ich zuerst noch eine andere Überraschung für dich. Komm mit."
Er nahm Lia an der Hand und führte sie ins Wohnzimmer. Dort hielt er geheimnisvoll den Zeigefinger an den Mund und bedeutete ihr, sich hinzusetzen.
Sie ließ sich also auf dem Sofa nieder und fragte sich, was Jost wohl noch für eine Überraschung hatte.
Der verschwand im Schlafzimmer, kehrte aber schon kurz darauf wieder zurück. Offenbar hielt er etwas hinter seinem Rücken versteckt.
"Also ... ", begann er langsam, "du und ich, ... also wir beide, äh, wir wohnen ja nun zusammen."
Er zögerte und sah Lia an, die nickte.
"Ja, seit fast zwei Monaten.", sagte sie.
Das Herz schlug ihr bis zum Hals. Was hatte er nur vor?
"Ja, also, genau, fast zwei Monate. - Wirklich tolle! - Und, nun ja, es ist schon Mitte November und bald ist Weihnachten."
Wieder stockte er und warf Lia einen hilfesuchenden Blick zu.
"Ja?", fragte sie und zwinkerte ihm zu, "Bald ist Weihnachten?"
"Ja, genau, Weihnachten. - Moment!"
Er holte einen Umschlag hinter seinem Rücken hervor und gab ihn Lia.
"Das sind die Tickets für unseren Weihnachtsurlaub! Wellness und Entspannung auf den Kanaren statt Geschenkestress und Kälte hier."

Lia war völlig überrascht. Damit hatte sie wirklich nicht gerechnet. Sie sah den Umschlag in ihrer Hand an und dann Jost, der sie voller Glück anstrahlte.
Vorsichtig fragte sie: "Habe ich das gerade richtig verstanden? Du möchtest mit mir auf die Kanaren fliegen? Über Weihnachten?"
Das Leuchten in Josts Gesicht erlosch, als hätte Lia einen Schalter betätigt.
"Ja, genau", sagte er und holte eine Broschüre aus dem Umschlag, "Schau hier. Das ist ein ganz tolles Hotel. Wir lassen es uns richtig gut gehen, während hier alle frierend durch den Matsch laufen und sich in den Kaufhäusern um Weihnachtsgeschenke prügeln. Das ist doch toll! Oder?"
Lia nahm das Faltblatt und sah es sich an. Sie hatte das Gefühl, in ein Loch zu fallen. Tatsächlich. Ein Hotel auf den Kanaren. Das Christmas-Wellness-Special. Hotel Boa-Vista.
"Das ist nicht dein Ernst, oder?", fragte sie zögernd, "Du kannst doch nicht wirklich über Weihnachten in die Sonne fliegen wollen?"
Jost fiel regelrecht in sich zusammen. Traurig sah er sie an.
"Es ist nur eine Reservierung. Wir müssten sie bis zum 3. Dezember bestätigen.", sagte er und nahm ihr die Unterlagen wieder ab. "Du willst also an Weihnachten nicht mit mir in die Sonne fliegen?"
Lia schlang ihre Arme um Jost und sah ihm tief in die Augen.
"Du, das ist wirklich unheimlich lieb von dir. Aber Weihnachten? Weihnachten will ich nicht in die Sonne fahren, am Strand liegen oder im Wellness-Bereich eines noch so tollen Hotels herumspringen. Da will ich Schnee, Lichterketten, Goldengel und vor allem einen Weihnachtsbaum."
Jost runzelte die Stirn und löste sich aus ihrer Umarmung.

"Das ist nicht dein Ernst? Du magst diesen Weihnachtstrubel? Und dazu noch die Kälte?"
"Ja, Weihnachten ist für mich die schönste Zeit des Jahres. Der bunt geschmückte Weihnachtsbaum, an dem die Kerzen brennen. Der goldene Engel, den ich mal als Kind gebastelt habe, an seiner Spitze. Die schön verpackten Geschenke darunter. Das ist wichtig für mich! Und kalt sollte es auch sein. So kalt, wie möglich. Und ganz viel Schnee!"
Sie nahm seine Hände und sah ihn an.
"Das verstehst du doch, oder? Lass uns hierbleiben und Weihnachten gemütlich bei uns feiern."
Jost sah sie nachdenklich an und schüttelte dann den Kopf.
"Nein, Lia. Nein. Bitte nicht! Für mich ist Weihnachten der Horror. Ich hasse diesen kommerziellen Trubel Schau mal: Seit Anfang Oktober gibt es Adventskalender und schon jetzt hört man überall nur noch 'Last Christmas' und 'Driving Home for Christmas'. Das ist echt schrecklich!"
"Den Einkaufstrubel und das alles mag ich auch nicht. Das weißt du! Aber wir beide können es uns doch schön machen, oder?"
"Ja, aber ich ertrage die Weihnachtstage auch nicht. Als ich noch ein Kind war, gab es da zwischen meinen Eltern immer die heftigsten Streits: 'Da ist zu viel Lametta auf dem Baum! Dann schmück ihn doch selbst!' - 'Hast du schon wieder eine CD mit Weihnachtsliedern gekauft?' - 'Mehr als ein Gutschein ist dir nicht eingefallen?' Tausend Kleinigkeiten, die am Ende immer in einem Riesenstreit ausarteten und ich schließlich in mein Zimmer floh. Das war echt übel."
Lia umarmte ihn und gab ihm einen Kuss.
"Das wusste ich nicht. Du hast nur mal erzählt, dass deine Eltern sich kurz nach Weihnachten getrennt haben."

Erneut löste sich Jost aus ihrer Umarmung und fasste sie an den Schultern. Seine Augen funkelten aufgeregt.
"An Weihnachten, Lia! Nicht danach. Es gab am Heiligen Abend einen Riesenstreit. Wieder einmal. Aber diesmal hat mein Vater seinen Koffer gepackt und ist fortgegangen."
Lia nickte. "Ich verstehe. Aber ..."
"Ach, dein verdammtes Weihnachtsfest. Lass mich damit doch in Ruhe!"
Er schob sie von sich und verschwand im Bad.
Lia stand unbeweglich da und sah ihm nach. Sollte sie ihm folgen? Sie wusste es nicht. Schließlich zog sie ihren Trolley ins Schlafzimmer und packte ihn aus.

In den folgenden Tagen vermied Lia das Thema. Und auch Jost kam auf die Reise nicht mehr zu sprechen. Aber, wie sie erleichtert feststellte, auch von dem Streit war nichts mehr zu spüren.
Sie ging ihrer Arbeit nach, fuhr in die Redaktion, besprach die Bilder ihrer letzten Reise und flog für drei Tage nach Hamburg, wo sie eine Bildreportage über den Hamburger Hafen machte.
Auch Jost ging in seine Praxis und spielte die Zahnfee, wie er immer sagte. Er kam gut mit Kindern zurecht und hatte offenbar viel Freude an seiner Arbeit als Kinderzahnarzt.
Kinder, ja, das konnte sie sich mit ihm gut vorstellen. Er würde bestimmt ein guter Vater werden.
Als sie eines Abends auf dem Heimweg durch den Stadtpark schlenderte, stellte sie sich vor, wie Jost mit ihren Kindern Fußball spielte, wie sie ein Picknick machten, wie sie Weihnachten feierten. Der Gedanke brachte sie zurück zu ihrem Streit. Sie hatten seither nicht mehr darüber gesprochen, wie sie Weihnachten verbringen würden.

Mit einem Mal war ihre gute Stimmung verflogen und sie ging nachdenklich weiter. In einer Woche war Heiligabend. Und wenn nicht ein Wunder geschah, dann würde der wohl eher so werden wie in Josts Kindheit.

Als sie plötzlich vor dem Reisebüro stand, bei dem Jost ihren Weihnachturlaub hatte buchen wollen, war sie völlig überrascht. Sie hatte keine Ahnung, wie sie hierhergekommen war. Es lag gar nicht auf ihrem Heimweg. Seltsam. Hatte ihr Unterbewusstsein kurzerhand die Kontrolle übernommen, um ihr zu zeigen, was sie zu tun hatte?

Lia zögerte kurz, dann lächelte sie und ging hinein.

Als sie eine gute Stunde später die Stufen zu ihrer Wohnung hochstieg, war sie bester Laune. Sie zog ihren Schlüssel aus der Tasche, öffnete die Wohnungstüre und - erstarrte.

Direkt vor ihr, im Flur, stand ein hölzerner Weihnachtsmann. An der Lampe hingen zwei Engel und der Spiegel war mit Sternen und Girlanden geschmückt.

Ungläubig schloss Lia die Türe hinter sich und ging weiter. Aus dem Wohnzimmer drangen Geräusche. Vorsichtig trat sie näher und schob leise die Türe auf.

Jost stand auf einer Leiter und setzte gerade einen kleinen goldenen Engel auf die Spitze eines Weihnachtsbaumes, der bereits wunderbar geschmückt war und bis zur Decke reichte.

"Jost!", rief sie fassungslos, aber unendlich glücklich, "Was ist denn hier los? Was machst du denn da? Das ist ... toll!"

Jost sah sie an und lächelte.

"Ach, weißt du. Ich habe nochmal nachgedacht. Meine Eltern sind meine Eltern. Und wir sind wir. Wir feiern unser Weihnachten. Und wenn es dir so wichtig ist, will ich es auch so feiern, wie du es magst."

Er kam die Leiter herunter und umarmte Lia.

"Ich möchte keinen Streit mit dir, sondern, dass du glücklich bist!", sagte er und küsste sie. "Also: Weihnachten hier zu Hause in aller Gemütlichkeit!"
Lia lächelte.
"Das ist wundervoll! Aber erst ab dem 28., denn vorher..."
Sie zog einen Umschlag aus der Tasche,
"...lassen wir uns auf den Kanaren verwöhnen."

EIN BESONDERER AUFTRAG

Als der Gongschlag ertönte, flog Alisiah los, so schnell sie konnte. Das war das Startsignal! Nun musste sie zeigen, was sie in der Engelschule gelernt hatte. Sie hoffte nur, dass es heute auch mit dem Sturzflug klappte. Dann müsst sie die Flugprüfung eigentlich schaffen können.

So schnell sie ihre Flügel trugen, sauste sie über die weiße Wolkenebene, umkurvte als Hindernisse aufgestellt Gewitterwolken, durchquerte im Blindflug eine Nebelbank und gelangte schließlich an die Stelle, an der sie zum Sturzflug ansetzen sollte.

Alisiah spürte ein Kribbeln in ihren Flügelspitzen. Das war immer so, wenn sie nervös war. Und das war ganz gewiss beim Sturzflug der Fall. Sie näherte sich dem Loch in der Wolkendecke, durch das sie nach unten stoßen, bis zur Meeresoberfläche hinabsausen und einen kleinen Becher mit Meerwasser füllen sollte. Und zwar ohne selbst dabei nass zu werden.

Alisiah nahm allen Mut zusammen und stürzte sich in das Loch. Viel zu weit unter sich sah sie das Meer, das schnell näherkam. Alisiah zog ihren Becher hervor und bremste ihren Flug allmählich ab. In einem eleganten Bogen und in atemberaubender Geschwindigkeit flog sie direkt über der Wasseroberfläche und füllte ihren Becher.
Ein Hochgefühl erfasste sie. Sie hatte es geschafft. Nun musste sie nur wieder zurück. Aber dafür hatte sie noch genug Zeit. Diesmal würde es klappen. Zufrieden blickte sie auf das Wasser, das in ihrem Becher schwappte und - knallte mit einem lauten ‚Platsch' gegen etwas, an dem sie benommen herabrutschte und im Wasser landete.

Alisiah musste eine ganze Menge salziges Wasser schlucken, bis sie wieder den Weg zur Meeresoberfläche und in die Luft gefunden hatte. Dann blickte sie in die reichlich verdutzt dreinblickenden Augen eines riesigen Walfisches, der mächtig im Wasser schwamm.
„Geht es dir gut?", fragte der Wal. „Ich habe einen gehörigen Schrecken bekommen, als du mir an den Bauch geklatscht bist."
Alisiah nickte langsam. „Ja. Bitte entschuldige. Ich habe dich nicht gesehen."
Der Wal lachte laut. „Das muss ich meinen Freunden erzählen. Ho, Ho, Ho! Sie hat mich nicht gesehen. Dabei bin ich doch so groß."
Seinen mächtigen Schädel schüttelnd und noch immer lachend schwamm er davon und verschwand in den Fluten.
Alisiah machte sich auf den Rückweg zum Himmel. Dort wurde sie bereits erwartet: ihre Fluglehrerin Erzengel Jolanda, Oberengel Sebastian und drei andere junge Engel, die auf ihre eigene Prüfung warteten.

Zu spät, klatschnass und ohne Becher (den hatte sie verloren) landete sie vor den anderen.

Die drei jungen Engel tuschelten und kicherten. Oberengel Sebastian sah Alisiah streng an, schwieg aber. Jolanda legte ihr die Hand auf die Schulter und schüttelte den Kopf.

„Alisiah, Alisiah! Was soll ich nur mit dir machen? Das war schon das dritte Mal, dass du durch die Prüfung gefallen bist. Dabei kannst du es doch eigentlich so gut."

Alisiah senkte den Blick. „Ich weiß. Es tut mir leid. Aber, wenn der Wal nicht gewesen wäre ..."

„Der war nun wirklich schwer zu übersehen", sagte Jolanda. „Ich fürchte, du wirst weiter bei den Küchenengeln bleiben müssen."

„Aber ich möchte doch so gerne ein Botenengel sein", sagte Alisiah.

„Bitte darf ich es nicht noch einmal versuchen? Ich schaffe es jetzt ganz bestimmt."

„Auf keinen Fall", sagte Oberengel Sebastian streng, da Jolanda zögerte. „Wenn du nicht fliegen kannst, dann musst du weiter in der Küche arbeiten. So, und nun geh aus dem Weg. Es warten noch andere."

Jolanda sah Alisiah entschuldigend an. Sie trat zur Seite, um Platz zu machen. Der wieder einmal überheblich grinsenden Engel Ingo stolzierte an ihr vorbei und flüsterte ihr ‚viel Spaß in der Küche' zu. Traurig ging sie davon.

Die Wochen vergingen. In der Himmelsküche war immer viel zu tun. Alle Engel, Erzengel, Botenengel und die vielen anderen Wesen der himmlischen Heerscharen wollten beständig versorgt werden. Auch mussten immer wieder Brote gebacken und verpackt werden, die von Botenengeln zu armen Menschen auf der Erde gebracht wurden.

Immer wenn Alisiah sah, dass wieder einmal ein Botenengel in die Küche kam, kehrte ihre Traurigkeit zurück. Wie gerne würde sie auch nach draußen fliegen, am Himmel ihrer Kreise ziehen und hinunter zur Erde sausen, um wichtige Aufträge auszuführen.

Verträumt säuberte sie den himmlischen Herd, in dem sie Plätzchen gebacken hatte, und merkte gar nicht, dass Jolanda hinter ihr stand. Erst als sie sie leicht am Flügel zupfte, erschrak Alisiah und sah auf.

„Oh, entschuldige. Ich habe dich gar nicht bemerkt. Kann ich etwas für dich tun?", fragte sie.

„Vielleicht."

Jolanda lächelte freundlich, sagte aber nichts weiter.

Alisiah sah sie neugierig an und wartete ab.

„Wir haben ein Problem", begann Jolanda, „und ich hoffe, dass du uns helfen kannst."

„Was denn für ein Problem?", fragte Alisiah interessiert.

„Es ist eine wichtige Botschaft auf der Erde zu verkünden und ich möchte dich fragen, ob du das tun kannst", sagte Jolanda und sah Alisiah in die Augen, als wollte sie in ihr tiefstes Inneres blicken.

Alisiah schluckte vor Aufregung. „Meinst du das ernst? Aber ich habe die Prüfung doch nicht bestanden."

Jolanda nickte. „Ich weiß. Aber ich weiß auch, dass du es kannst, wenn du dich nur richtig konzentrierst. - Und wenn kein Wal im Weg ist", fügte sie lächelnd hinzu.

Alisiah wurde rot und blickte zu Boden. „Ja, aber ich konnte wirklich nichts dafür."

Jolanda lächelte. „Eigentlich wollte Sebastian, dass Ingo den Auftrag erhält. Aber bei seinem letzten Flug war er der Meinung direkt über dem Eingang zur Hölle Pirouetten drehen zu müssen. Nun ja - der Teufel hat ihm dafür ziemlich die Flügel

angebrannt. Zum Glück nicht schlimm", Jolanda konnte sich ein leichtes Grinsen nicht verkneifen, „und ich kann es ihm eigentlich nicht einmal übel nehmen."
Alisiah schüttelte den Kopf, musste aber auch lächeln. „Das ist schade, aber vielleicht ist er nun in Zukunft etwas weniger überheblich."
Jolanda sah Alisiah ernst an. „Wie auch immer. Ich habe Sebastian überzeugen können, dir doch noch eine Chance zu geben. Es war nicht leicht. Aber ich habe es geschafft."
Alisiah strahlte. „Darf ich wirklich noch einmal zur Prüfung?"
Jolanda schüttelte den Kopf. „Das wird nicht nötig sein, wenn du deinen Auftrag erfüllst. Im Moment geschehen große Dinge und es ist keine Zeit für eine Prüfung. Alle Engel haben viel zu tun oder sind gerade irgendwo im Einsatz. In den oberen Himmelsregionen tut sich gerade sehr viel und Gott hat heute dringend um einen Engel ersucht, der eine wichtige Aufgabe erfüllen kann."
Alisiah schluckte. Gott persönlich? Was konnte das sein?
„Traust du dir das zu?", fragte Jolanda.
Alisiah zögerte kurz und nickte dann. „Ja, ich schaffe das bestimmt. Ich bin mir ganz sicher. Was es auch sein mag."
Jolanda lächelte. „Das wusste ich."
Und dann erzählte sie Alisiah eine geradezu unglaubliche Geschichte.

Als Alisiah bald darauf zur Erde hinunter flog, war sie sehr aufgeregt. Sogar Gott persönlich hatte noch einmal mit ihr gesprochen und ihr gesagt, wie wichtig dieser Auftrag war. Und sie musste sich beeilen. Der Weg war weit. Alisiah raste, so schnell sie ihre Flügel trugen, durch die Nacht. Dabei musste sie immer wieder aufpassen, dass sie den zahllosen Sternen, die den Himmel erhellten, auswich. Mit einem ganz besonders schönen, der einen langen Schweif hinter sich herzog, wäre sie beinahe zusammengestoßen. Aber diesmal passte sie auf und kam unbeschadet und rechtzeitig an.

Alisiah schwebte nun langsam durch die klare Nacht. Sie konnte es noch immer nicht glauben: Gott hatte seinen Sohn auf die Erde geschickt. Und sie sollte den Menschen seine Ankunft verkünden. Sie spürte das Kribbeln in ihren Flügelspitzen, während sie sich der Erde näherte. Der Himmel war mit Sternen übersät. Und der eine mit dem Schweif strahlte ganz besonders und tauchte die Welt in seinen festlichen Schein.
Als die Lagerfeuer der Hirten näher kamen, landete Alisiah, holte tief Luft, um ihre Aufregung zu vertreiben und trat mitten unter die Männer, die sie staunend ansahen.

„Fürchtet euch nicht! Siehe, ich verkündige euch große Freude, die allem Volk widerfahren wird, denn euch ist heute der Heiland geboren, welcher ist Christus, der HERR, in der Stadt Davids. Und das habt zum Zeichen: ihr werdet finden das Kind in Windeln gewickelt und in einer Krippe liegen."
Auf einmal tauchten von überall her weitere Engel auf, die sanft neben Alisiah landeten und gemeinsam mit ihr sangen: „Ehre sei Gott in der Höhe und Frieden auf Erden und den Menschen ein Wohlgefallen."

Und als Alisiah wenig später das Kind in der Krippe liegen sah, durchströmte sie ein unermessliches Glücksgefühl. Dies war tatsächlich eine ganz besondere Nacht. Denn Jesus war geboren und es war Weihnachten.

JESUS AUF DEM DACH

Wie in jedem Jahr, so will ich euch auch heute wieder eine Weihnachtsgeschichte erzählen. Sie ist mir selbst berichtet worden und soll sich wirklich so oder zumindest ganz ähnlich zugetragen haben.
Sie spielt in einem Dorf mit dem Namen Lebasing, das weit entfernt von der nächsten größeren Ortschaft in den Alpen lag. Es war eine wirklich kleine Gemeinde, die damals kaum mehr als 200 Menschen umfasste.
Wie es bei so kleinen Orten nun einmal ist, kannten die Bewohner einander sehr gut. Man lachte und feierte zusammen, arbeitete und half sich und stritt auch manchmal miteinander. Es war so ähnlich wie in einer großen Familie.
Natürlich verstanden sich manche Bewohner des kleinen Ortes besser als andere. Und natürlich waren manche so zerstritten,

dass sie nicht mehr miteinander redeten oder sich gar auf der Dorfstraße oder in der Kirche grüßten.

Doch alle waren sich einige, wenn Fremde in den Ort kamen. Die wurden natürlich freundlich begrüßt und bewirtet. Doch sie wurden auch kritisch beäugt. Manch einem Durchreisenden muss es seltsam zumute gewesen sein, wenn er durch den Ort ging und spürte, wie zahlreiche Augenpaare ihm folgten.

Während man aber, wie gesagt, mit durchreisenden Fremden im Allgemeinen freundlich umging, war man bei solchen, die im Ort bleiben wollten, deutlich zurückhaltender.

So etwas kam selbstverständlich nur selten vor. Beispielsweise, wenn ein Bauerssohn sich eine Frau nach Hause holte, um eine Familie zu gründen.

Das war nicht so oft der Fall, da man lieber unter sich blieb und Söhne und Töchter schon früh von deren Vätern einander versprochen wurden. Eine Sitte, die nicht unbedingt die Offenheit der Bürger förderte, die aber eine lange Tradition hatte und von der man nicht abgehen wollte.

In der Mitte des Dorfes stand, eng an einen steilen Hang geschmiegt, die kaum anders als prachtvoll zu beschreibende Kirche. Sie war uralt und mit den bunten Fenstern, dem Altar und vor allem der einzigartigen Krippe der ganze Stolz der kleinen Gemeinde.

Diese Krippe war nicht nur wunderschön, sondern hatte noch eine weitere Besonderheit: Die Figuren waren über Generationen von den einzelnen Familien des Ortes in Auftrag gegeben oder in vielen Fällen sogar selbst hergestellt worden.

Und so kam es, dass praktisch jede Familie eine oder zwei Figuren der Krippe ihr eigene nannte. Da die Figuren wertvolle Erbstücke darstellten, wurden sie nicht in der Kirche aufbewahrt, sondern lagen wohl verpackt in den einzelnen Häusern.

In jedem Jahr gab es daher am ersten Sonntag der Adventszeit eine Zeremonie, in der die Familienoberhäupter im Gottesdienst eines nach dem anderen an die vom Pfarrer aufgebaute Krippe traten und ihre Figuren aufstellten.

Als in dem Jahr, von dem ich nun erzählen möchte, der erste Advent näher rückte, herrschte im Dorf eine gewisse Unruhe. Es sollte ein neuer Pfarrer kommen. Der alte Pfarrer Hubert Hochleitner hatte vor zwei Wochen während der Predigt einen Schwächeanfall erlitten und lag seither in der Stadt im Krankenhaus.
Bürgermeister Franz-Josef Kameier, der ihn natürlich sofort dort besucht hatte, war mit einer guten und einer schlechten Nachricht zurückgekehrt, die er der Gemeinde noch am selben Abend im Schwarzen Hirschen, der örtlichen Beiz und allgemeinem Treffpunkt, verkündete.

„Darf, ich, ähem, darf ich um Aufmerksamkeit bitten?".
Kameier war auf einen Stuhl geklettert und wartete darauf, dass Ruhe einkehrte und alle ihm zuhörten. Als das schließlich geschehen war, zwirbelte er mit seiner linken Hand den Schnurrbart, zupfte einige nicht existierende Fusel von seiner Lodenjacke und begann schließlich seine Ansprache.
„Also, es ist so. Erst einmal die gute Nachricht. Unserem verehrten Pfarrer, dem Hochleitner Hubert, geht es so weit gut. Er richtet euch seine besten Wünsche und seinen Segen aus. Er wird bald wieder hier sein."
Kameier musste eine Pause machen, da nun alle durcheinanderredeten und sich freuten, dass der langjährige Pfarrer und gebürtigen Lebasinger auf dem Weg der Besserung war. Dann räusperte er sich nochmals laut. Als wieder alle zu ihm blickten, fuhr er fort.

„Es gibt aber noch eine weniger gute Nachricht. Hubert, also Hochwürden, hat mir mitgeteilt, dass er den Schwächeanfall als einen Hinweis des Herrn werte und sich daher zur Ruhe setzen wolle. - Ruhe bitte! RUHE! - Nein, natürlich kann er das. Er ist ja schließlich in diesem Jahr 82 geworden. - Er hat schon einen Nachfolger gebeten, der bereits in einer Woche hier eintreffen wird. - Nein, ich habe keine Ahnung, wer das sein wird. Hubert, äh, Hochwürden auch nicht."

Seither war also die Gemeinde Lebasing in heller Aufregung. Gerade die älteren Einwohner wollten nicht, dass sich etwas änderte und viele wollten auch schlicht nicht einsehen, warum Pfarrer Hochleitner sich zur Ruhe setzen wollte. Und das auch noch so kurz vor Weihnachten.
„Der Papst sagt ja auch nicht einfach, dass er keine Lust mehr hat!", war ein beliebtes Argument, das abends beim Bier im ‚Hirschen' geäußert wurde.
Vor allem Bürgermeister Kameier war nicht wohl dabei, dass ein neuer Pfarrer kommen sollte. Noch dazu einer von auswärts, ein Zugereister. Hubert Hochleitner war schon Pfarrer gewesen, als er selbst zur Kommunion gegangen war. Und nun sollte ein anderer kommen? Unvorstellbar! Den würde er sich erst einmal genau ansehen.
Während er so nachdachte, hob er vorsichtig das Jesuskind, das sein Ur-Urgroßvater geschnitzt hatte, aus der Holzkiste, in der er es aufhob. Sollte ein neuer Pfarrer, ein völlig Fremder, dieses Kleinod einfach so berühren dürfen? Das gefiel Kameier gar nicht.

Eine gute Woche später kam ein Taxi die schmale Straße zum Dorf heraufgefahren, hielt vor dem Pfarrhaus an und brachte

den neuen Pfarrer und Nachfolger von Hubert Hochleitner ins Dorf.
Ein Geschehen, das sich selbstverständlich innerhalb allerkürzester Zeit im Dorf herumgesprochen hatte und dazu führte, dass sich fast alle Einwohner Lebasings mehr oder weniger zufällig in der Nähe des Pfarrhauses aufhielten.

Und es sollte etwas für sie zu sehen geben: Aus dem Taxi stieg ein schwarzhaariger Mann, der lachend einige Worte mit dem Fahrer wechselte. Dann winkte er dem davonfahrenden Taxi, nahm seinen Koffer und wandte sich um. Als er die zahlreichen Menschen sah, winkte er auch ihnen und verschwand dann im Pfarrhaus.
Nachdem zunächst völlige Stille geherrscht hatte, setzt nun ein allgemeines Getuschel und Geraune ein:
„Der ist ja ganz schwarz!"
„Was will denn der Neger hier?"
„Ob der überhaupt deutsch kann?"
"Das soll doch wohl nicht unser neuer Pfarrer sein?"
"Sind wir hier in den Bergen oder in Afrika?"
"Das ist bestimmt ein Irrtum, oder?"
"Vielleicht ist das gar nicht der Pfarrer und der soll nur das Pfarrhaus putzen?"
„Aber, er scheint doch sehr nett zu sein!"
Bürgermeister Kameier warf seiner Tochter Lisa, die das gesagt hatte, einen bösen Blick zu.
Die Menschen, die zunächst wie zufällig in der Nähe des Pfarrhauses gestanden hatten, hatten sich schnell zu einer Gruppe zusammengefunden, die angesichts der augenscheinlichen Tatsache, dass es sich bei dem neuen Pfarrer um einen Mann dunkler Hautfarbe handelte, in immer größere Aufregung geriet.

Erst als erneut die Türe des Pfarrhauses aufging und der Neuankömmling heraustrat, verstummten alle. Der Pfarrer sah mit einer gewissen Verblüffung die spontane Versammlung seiner neuen Gemeinde an, während diese wiederum ihn anstarrte.
"Guten Tag", sagte der Pfarrer, "es freut mich sehr, sie alle so schnell kennenlernen zu können. Dabei bin ich gerade erst angekommen".
Er lächelte und zeigte dabei eine Reihe blendenweißer Zähne in seinem ansonsten dunklen Gesicht.
"Mein Name ist David Olaseni. Und ich freue mich, dass ich hier bin und mein Amt antreten kann."

In den nächsten Tagen entwickelte sich ein Riss in der Gemeinde. Während die deutliche Mehrheit beschlossen hatte, den ‚Schwarzen', wie sie Hochwürden Olaseni nannten, zu boykottieren und sich um einen ordentlichen Nachfolger für Hochwürden Hochleitner zu kümmern, hatten die übrigen beschlossen, ihrem neuen Pfarrer eine gerechte Chance zu geben und ihn freundlicher aufzunehmen.
Dieser Zwist konnte Pfarrer Olaseni natürlich nicht verborgen bleiben, zumal er seinen ersten Sonntagsgottesdienst vor einer fast leeren Kirche halten musste.
„Was haben die Leute denn nur?", fragte er Pfarrer Hochleitner, als er mit diesem telefonierte.
„Nehmen sie es nicht so schwer, lieber David", sagte Hochleitner. „Die Menschen in Lebasing sind die Besten, die ich mir nur vorstellen kann. Aber sie brauchen ein bisschen Zeit, um mit einer Veränderung klarzukommen."
„Aber, was soll ich denn tun? Ich glaube nicht, dass sie mich akzeptieren werden."
„Doch, das werden sie. Ich bin mir sicher. Halten Sie durch und lassen Sie ihnen Zeit. Dann wird alles gut. Vertrauen Sie mir."

So gingen die nächsten Wochen ins Land. Während auf der einen Seite die Versuche insbesondere des Bürgermeisters scheiterten, einen anderen Pfarrer zu bekommen, besuchte Hochwürden Olaseni einen nach dem anderen zu Hause, um sich vorzustellen. Das verbesserte die Lage zwar ein wenig, da einige nun, da sie ihn kennengelernt hatten, eher bereit waren, dem ‚Neuen' eine Chance zu geben. Doch wirklich willkommen konnte David Olaseni sich nach wie vor nicht fühlen, obwohl niemand wirklich unfreundlich zu ihm war. Doch die meisten ließen ihn weiterhin fühlen, dass er in Lebasing nicht gerne gesehen war.

Immerhin waren am letzten Sonntag vor dem Advent so viele Menschen in der Kirche, dass die ersten beiden Reihen gut gefüllt waren. Sie lauschten voller Interesse einer sehr interessanten Predigt über das Thema Nächstenliebe und viele wechselten auch beim Verlassen der Kirche noch einige Worte mit dem Pfarrer.

„Herr Pfarrer? Darf ich Sie etwas fragen?"

David Olaseni lächelte. Vor ihm stand ein Mädchen, das vielleicht 8 oder 9 Jahre alt sein mochte.

„Aber natürlich mein Kind. Sagst du mir auch deinen Namen?"

„Ich bin die Kameier Lisa. Mein Vater ist der Bürgermeister."

Sie zögerte kurz, bevor sie fortfuhr.

„Ich fand ihre Predigt toll. Aber ich verstehe nicht, warum die Kirche so leer ist. Sogar Papa wollte nicht, dass ich herkomme. Dabei ist er der tollste Papa der Welt. Aber ich musste mich heimlich davonschleichen."

Ihre Wangen liefen rot an, als sie das sagte.

Olaseni lächelte.

„Ich werde es ihm nicht sagen. Aber ich freue mich, dass du gekommen bist. Trotzdem solltest du auf deinen Vater hören.

Weißt du, Veränderungen sind für uns Menschen immer schwer. Vor allem dann, wenn man gar nicht will, dass sich etwas ändert. Und dein Vater hat sich ganz bestimmt nicht vorgestellt, dass ein dunkelhäutiger Nigerianer neuer Pfarrer in eurer Gemeinde wird."

Lisa schüttelte den Kopf. „Nein, das hat sich bestimmt niemand so gedacht. Aber ich freue mich trotzdem, dass Sie hier sind. Ich mag Sie."

Wieder röteten sich ihre Wangen.

„Vielen Dank. Das freut mich. Weißt du. Auch mir ging es so. Ich wollte erst gar nicht hierher. Ich wollte in eine große Stadt. Doch meine Gespräche mit Pfarrer Hochleitner haben mich dazu bewogen, es hier zu versuchen. Ich musste mich auch erst überwinden und meine Sorgen und Ängste bekämpfen. Doch nun bin ich hier und will auch bleiben."

Lisa nickte, dann sagte sie: „Nächsten Sonntag ist der erste Advent. Da stellen eigentlich alle ihre Figuren während des Gottesdienstes in die Weihnachtskrippe."

Olaseni nickt. „Ja, die Krippe baue ich morgen auf."

Lisa sah ihn traurig an.

„Aber es wird keiner kommen. Papa hat allen gesagt, sie sollen ihre Figuren zu Hause lassen und nicht zur Kirche gehen."

Der Pfarrer schüttelte den Kopf und schwieg einen Moment.

„So etwas habe ich befürchtet. Das ist natürlich nicht schön. Gerade zu Weihnachten. Aber ich bin sicher, dass wir das hinbekommen."

Er deutete mit dem Zeigefinger nach oben und zwinkerte Lisa zu. „Schließlich sind wir nicht alleine."

Er strich Lisa über den Kopf und ging zurück in die Kirche.

Tatsächlich blieb die Krippe, die der Pfarrer während der Woche aufgebaut hatte, am ersten und am zweiten Adventssonntag so leer wie die Kirche. Nur ein Engel, ein Hirte und und ein Schaf standen an ihrem Platz. Sie stammten von zwei Familien, die erst seit wenigen Generationen in Lebasing wohnten und von den Alteingesessenen noch immer als die ‚Zugezogenen' bezeichnet wurden.

Am dritten Adventssonntag standen noch ein weiteres Schaf und ein Hirte bei der Krippe und in der Kirche waren sogar die ersten vier Reihen besetzt. Hochwürden Olaseni betrachtete seine Gemeinde zufrieden von der Kanzel aus.

Der vierte Advent brachte keine Veränderung, und der Pfarrer war gespannt darauf, wie es am Heiligen Abend sein würde. Immerhin hatte zu diesem Gottesdienst auch Pfarrer Hochleitner sein Kommen angekündigt. Allerdings nur als Besucher.

Bis dahin waren es nur noch drei Tage.

Am Vormittag des 24. Dezembers sah Olaseni vom Fenster aus, wie ein Traktor mit einem offenen Anhänger durch den Ort fuhr und an einigen Häusern hielt. Jedes Mal wurden Pakete aufgeladen, bevor die Fahrt weiterging.

Das Ganze kam dem Pfarrer seltsam vor. Vor allem aber war merkwürdig, dass der Bürgermeister den Traktor fuhr. Olaseni fragte sich, was das bedeuten konnte, entschloss sich dann aber, lieber eine Tasse Tee zu trinken und abzuwarten, was passieren würde. Das schien ihm ohnehin die beste Idee bei dem Sturm, der sich draußen gerade zusammenzubrauen schien.

Am Nachmittag klingelte und klopfte es an seiner Türe. Olaseni hätte es fast nicht gehört, da der Wind so sehr um das Haus pfiff. Als er öffnete, standen draußen Lisa, ihre Mutter und einige andere Bewohner des Dorfes.

„Papa ist verunglückt", rief Lisa „Helfen Sie uns bitte!"

Olaseni bat die kleine Gruppe erst einmal ins Haus. Und dann erzählte Frau Kameier ihm, dass ihr Mann alle Krippenfiguren eingesammelt hatte, um sie in der Kapelle am Jägerberg aufzustellen.

Er hatte mit den anderen geplant, dort später eine Andacht zum Heiligen Abend abzuhalten. Sie habe ihm zwar gesagt, dass das Unsinn und völlig übertrieben sei und außerdem bei diesem Wetter auch noch gefährlich. Aber ihr Mann sei nun einmal ein Sturkopf.

Und nun hatte eine heftige Böe den Traktor ergriffen und umgestürzt.

Olaseni hatte bereits seine Jacke angezogen, bevor sie zu Ende erzählt hatte und rannte nun mit den anderen aus dem Haus. Sie waren schnell an der Unglücksstelle, die kurz hinter dem Ortsausgang lag, wo sich ein schmaler Weg zur Kapelle am Jägerberg nach oben wand. Der Traktor und der Hänger lagen auf der Seite, die Pakete waren überall verstreut.

„Wo ist der Bürgermeister?", rief Olaseni und lief zu einer Gruppe Männer, die an einem Abhang stand. Einer von ihnen deutete nach unten.

„Er hat sich den Knöchel verstaucht und kann seinen rechten Arm nicht bewegen", sagte der Mann. „Wir haben ihm schon ein Seil zugeworfen. Aber er kann nicht hochklettern."

Olaseni folgt seinem Fingerzeig und sah etwa zwei Meter tiefer den Bürgermeister auf einem schmalen Felsvorsprung sitzen, von dem aus es noch einmal gute zehn Meter weiter nach unten ging.

Ohne ein weiteres Wort zu verlieren band Olaseni sich das Seil um den Bauch und bedeutete den Männern, dass sie ihn sichern sollten. Dann ließ er sich zu Kameier herab, der ihn mit größtem Erstaunen und sprachlos anblickte.

Der Pfarrer nickte ihm lächelnd zu und legte das Seil um Kameier, so dass er von den Männern nach oben gezogen werden konnte. Als auch Olaseni schließlich wieder oben stand und das Seil von sich löste, kam Kameier zu ihm gehumpelt.
Er reichte dem Pfarrer die Hand und sagte „Danke! Sie haben mich gerettet."

Es stellte sich zum Glück heraus, dass der Bürgermeister sich nichts gebrochen hatte. Den Traktor und den Hänger ließ man erst einmal liegen und sammelte die Krippenfiguren ein, die in ihren Paketen vom Sturm zum Teil weit weggeweht worden waren.
Der Bürgermeister bestimmte, dass alle Figuren nicht mehr in die Kapelle am Jägerberg, sondern nun direkt in die Kirche gebracht werden sollten.
„Schließlich wollen wir einen schönen Heiligen Abend feiern", sagte er.

Doch als es dunkel wurde, fehlte noch immer eine der Figuren: Ausgerechnet das Jesuskind!
Maria und Josef standen an ihrem Platz. Auch die Hirten bewachten ihre nun deutlich größere Schafherde. Sogar die heiligen Drei Könige waren nahe der Krippe zu sehen. Doch in der kleinen Krippe selbst lag niemand.
So musste der Gottesdienst mit einer unvollständigen Krippe beginnen. Aber dem jungen Pfarrer war das nicht wirklich wichtig. Er warf erst einen Blick auf die bis zum letzten Platz gefüllte Kirche, nickte dann lächelnd zum Jesus am Kreuz hinauf und begann mit dem Gottesdienst. Ein wenig wunderte ihn nur, dass er Lisa nirgends entdecken konnte.

Als Pfarrer Olaseni gerade seine Predigt beendet hatte und die Gemeinde aufforderte, nun gemeinsam das Lied ‚O du fröhliche' zu singen, öffnete sich die Türe der Kirche und Lisa kam herein. Sie trug das Jesuskind wie ein Baby im Arm.
„Ich habe es gefunden!", rief sie, „Der Sturm hat es auf das Dach von Jungingers gepustet. Und von da ist es mir direkt vor die Füße geplumpst!"
Strahlend und unter dem Beifall der Gemeinde brachte sie das Jesuskind nach vorne und legte es vorsichtig mit Pfarrer Olasenis Hilfe in die Krippe.
Dann setzte sie sich zu ihren Eltern und die Gemeinde sang voller Freude und Inbrunst ‚O du fröhliche'.

Pfarrer Olaseni strahlte und Pfarrer Hochleiter, der in der ersten Reihe saß, nickt ihm zu. Beide wussten, dass nun alles gut war.

Eine wundersame Nacht

„In der Heiligen Nacht werden die Kuscheltiere lebendig", erzählte Großmutter.

Sie lächelte und es schien Peter, als würde sie in sich hinein schauen und dort etwas sehen, das lange zurücklag.

Er runzelte die Stirn. Obwohl er noch in die Grundschule ging, war er sich doch absolut sicher, dass das nicht stimmen konnte. Stofftiere lebten nicht. Die waren mit Watte oder so etwas gefüllt und toll zum Spielen und Kuscheln. Aber lebendig? Nein!

Er schüttelte energisch den Kopf.

"Nein, Omi! Nein, da irrst du dich. Die leben nicht in echt. Warte einen Moment. Ich zeige es dir."

Er sprang von ihrem Schoß und rannte die Treppe zu seinem Zimmer hinauf. Kurz darauf kam er zurück und trug einen großen braunen Teddy und einen kleinen grauen Stoffhasen im Arm.
"So", sagte er. "Hier sind Bum-Bum und Purzel. Guck doch mal. Die sind nicht richtig lebendig. Ich tue doch nur immer so. Bei Spielen."
Er reichte seiner Großmutter die Tiere, die sie nahm und genau betrachtete.
Lange sah sie den beiden in die Augen, streichelte sie und sprach leise mit ihnen. Schließlich gab sie sie Peter zurück. Der hatte mit wachsendem Staunen dabei gestanden und beobachtet, was seine Großmutter tat.
"Nun, mein lieber Enkelsohn", sagte sie lächelnd. "Ich bin mir nicht sicher, ob das tatsächlich stimmt, was du sagst."
"Meinst du wirklich?", fragte Peter ungläubig und betrachtete selbst seine beiden Lieblinge ganz genau. Aber wie sehr er ihnen auch in die Glasaugen sah. Er konnte nichts Besonderes entdecken.
"Aber sie bewegen sich doch gar nicht. Sie zwinkern ja nicht mal."
Er legte sein Ohr an die Brust des Bären Bum-Bum.
"Und atmen tun sie auch nicht. Kein bisschen!"
Die Großmutter streichelte ihm über den Kopf.
"Das müssen sie auch nicht. Du wirst es ja sehen. Aber erst in der Heiligen Nacht. - Und auch nur, wenn die Tiere es wollen."

"Mutter! Was erzählst du dem Jungen denn wieder für Geschichten?"
Vater war ins Wohnzimmer gekommen und zog Schubladen auf. Er schien etwas zu suchen.

"Wieso?", fragte Großmutter. "Das sind doch keine Geschichten! Erinnerst du dich denn nicht mehr?"
"Nein", murmelte Vater abwesend. "Ah, da ist er ja." Triumphierend hob er einen Zettel hoch und hielt ihn Peter hin. "Weißt du, was das ist? Nein? Es ist der Gutschein, den wir brauchen, um dein Weihnachtsgeschenk zu kaufen."
Peter sprang auf. "Wirklich? Die neue Gamestation? Heute? Jetzt? Darf ich mit?"
Vater nickte. "Klar doch. Komm, es geht direkt los!"
Peter setzte Bum-Bum und Purzel auf das Sofa, zog Schuhe und Jacke an und gab Großmutter einen Kuss. Kurz darauf waren die beiden verschwunden.
Großmutter sah Bum-Bum und Purzel an.
"Na, wir werden ja sehen, was in der Heiligen Nacht geschieht und ob diese Gamestation dann immer noch so spannend ist. Was meint ihr?"
Sie lächelte, denn sie war sich sicher, bei beiden Tieren ein kurzes Augenzwinkern gesehen zu haben.

Fünf Tage später war Heiliger Abend. Als Peter aufwachte und aus dem Fenster sah, war alles weiß. Es hatte über Nacht geschneit. Schnell sprang er aus dem Bett und rannte die Treppe hinunter.
"Schnee! Schnee! Ganz viel Schnee!", rief er aufgeregt.
„Ja, ist das nicht toll? Es hat die ganze Nacht geschneit!", sagte Mutter, die gerade den Frühstückstisch deckte. „Wir haben endlich mal eine richtig weiße Weihnacht!"
Peter ließ sich glücklich das Frühstück schmecken. Papa hatte frische Brötchen gebacken und Mama hatte ihren tollen Schokoaufstrich gemacht. Peter konnte kaum aufhören zu essen. Erst als der Brotkorb leer war und Mama lachend sagte, er

müsse doch endlich einmal satt sein, merkte er, wie viel er schon in sich hinein gestopft hatte.
"Du isst uns noch die Haare vom Kopf", sagte Papa lachend und gab ihm einen Klaps.
Peter konnte nur ‚Hmhm' sagen. Sprechen konnte er nicht, da er noch damit beschäftigt war, den letzten Bissen zu kauen.
„Gehen wir jetzt raus?", fragte er schließlich. „Ich muss unbedingt einen Schneemann bauen."
Den Rest des Vormittags verbrachte er im Garten, lieferte sich mit Papa eine tolle Schneeballschlacht und baute einen großen Schneemann, für den ihm Mama einen alten Schal und eine Karotte als Nase gab.
Als er schließlich wieder ins Haus kam, sah er zum Sofa hinüber. Bum-Bum und Purzel saßen dort noch immer genau so, wie er sie hingesetzt hatte. Er hatte sie in der Vorfreude auf Weihnachten und vor allem auf seine Gamestation ganz vergessen gehabt. Nun bekam er ein schlechtes Gewissen, weil ihr Platz doch eigentlich in seinem Zimmer war. Er nahm beide fest in den Arm und versprach ihnen, sie nach dem Mittagessen wieder dorthin zu bringen.

Warum ausgerechnet dieser Tag viel länger zu dauern schien, als ein normaler Tag, konnte Peter nicht sagen. Er sehnte so sehr den Abend herbei, der aber einfach nicht kommen wollte. Als er nach dem Mittagessen sein Zimmer aufgeräumt und danach Papa geholfen hatte, den Baum in den Ständer zu stellen, war es draußen noch immer hell.
Schließlich machten sie einen langen Spaziergang im Schnee. Papa stöhnte und keuchte, weil er nicht nur ihn, sondern auch Mama auf dem Schlitten hinter sich herziehen musste.
Als sie durchfroren wieder nach Hause kamen, war es endlich dunkel geworden. Peter sah, dass Bum-Bum und Purzel noch

immer auf dem Sofa saßen. Er hatte sie schon wieder vergessen. Irgendwie hatte er das Gefühl, dass sie ihn traurig ansahen. Er wollte sie gerade in sein Zimmer bringen, als Mama nach ihm rief, weil er ihr beim Decken des Kaffeetisches helfen sollte.

Als sie später in die Kirche gingen, schwebten dicke Schneeflocken vom Himmel. Sie schienen im Licht der Straßenlampen zu tanzen. Für einen Moment standen Peter und seine Eltern vor der Haustüre und sahen ihnen schweigend zu.
„Ist das nicht wunderschön?", sagte Papa. „Und das am Heiligen Abend. Das ist schon etwas Besonderes!"
„Ja", antwortete Mama, „und wie still es ist. Als würde der Schnee allen Lärm zudecken."
Peter sagte nichts. Er freute sich einfach, dass Weihnachten war.
Nach der Kirche tranken seine Eltern mit einigen Bekannten Glühwein im Kirchhof. Das war eine Tradition, an die sich Mutter noch aus ihrer Kindheit erinnern konnte. Peter lieferte sich inzwischen mit seinen Freunden, die ebenfalls in der Kirche gewesen waren, eine Schneeballschlacht. Doch er sah immer wieder zu seinen Eltern hinüber und hoffte, dass sie endlich aufbrechen würden. Schließlich wartete er sehnlichst darauf, nach Hause zu gehen, damit die Bescherung endlich losgehen konnte.
Als seine Eltern ihn schließlich zu sich winkten, verabschiedete er sich eilig von seinen Freunden.
Auf dem Heimweg betrachtete er die Weihnachtsbeleuchtung, die viele Häuser erleuchtete. Ein großer weiß und rot strahlender Nikolaus, der in einem Vorgarten stand, gefiel ihm am besten. In einigen Fenstern konnte er auch die Kerzen an den Weihnachtsbäumen brennen sehen. Er fragte sich, ob dort

wohl gerade die Bescherung stattfand und ob wohl wirklich das Christkind von Haus zu Haus ging.

Als sie ankamen, wäre Peter am liebsten direkt ins Wohnzimmer gelaufen. Aber Mutter hielt ihn zurück.

„Wo willst du denn hin, mein Sohn?"

Sie lächelte. „Ich fürchte, dass du dich noch ein wenig gedulden musst. Wir müssen erst einmal sehen, ob das Christkind überhaupt schon da war."

Dann ging sie mit Vater ins Wohnzimmer und schloss die Türe hinter sich.

Peter rollte die Augen. Eigentlich glaubte er nicht mehr so recht an das Christkind. Einige größere Jungen in der Schule hatten gesagt, dass das alles doch nur Unsinn sei und es weder ein Christkind noch einen Weihnachtsmann gäbe. Vielleicht hatten sie ja Recht. Sein Weihnachtgeschenk hatten sie ja schließlich im Geschäft gekauft.

Vermutlich waren das alles nur Geschichten für Kinder, genauso wie die von Großmutter. Als ob Kuscheltiere lebendig werden könnten. Das ging doch gar nicht.

Papa, der aus dem Wohnzimmer kam, riss ihn aus seinen Gedanken. Er legte den Finger auf die Lippen und zwinkerte Peter zu.

"Gleich geht es los. Das Christkind war gerade da."

Für einen Moment standen Peter und sein Vater im Dunkeln vor der verschlossenen Wohnzimmertüre. Peter hielt Papas Hand fest umklammert, so aufgeregt war er. Endlich klingelte das Glöckchen zum Zeichen, dass sie nun hineindurften.

Als sie das Wohnzimmer betraten, hatte Peter das Gefühl, eine andere Welt zu betreten. Alles war von einem warmen Lichterschein erfüllt. Überall brannten Kerzen. In der Mitte des Raumes stand ein mit roten, silbernen, goldenen und blauen

Kugel geschmückter Baum, auf dessen Spitze ein silberner Engel glitzerte. Und wie es nach Weihnachten duftete! Nach Plätzchen und Lebkuchen, nach Tannenzweigen und Kerzenwachs.

Ganz vorsichtig betrat er an Vaters Hand das Zimmer. Mutter kam zu ihnen und umarmte sie: „Frohe Weihnachten, meine beiden Männer."

Sie sangen gemeinsam das Lied ‚Stille Nacht'. Doch schon nach der ersten Strophe hielt Peter es nicht mehr aus. Er lief zum Baum und riss das Papier von dem großen Paket, das dort lag. Endlich! Die Gamestation. Seine Gamestation!

Viel später am Abend, Peter hatte noch weitere Geschenke ausgepackt und schließlich mit seinem Vater ausgiebig die Gamestation ausprobiert, ging er ins Bett. Auf dem Weg nach oben fiel ihm auf, dass Bum-Bum und Purzel nicht mehr auf dem Sofa saßen. Wahrscheinlich hatte Mutter sie nach oben geräumt.

Nachdem er seinen Schlafanzug angezogen und sich die Zähne geputzt hatte, kletterte er zufrieden in sein Hochbett. Die Gamestation stellte er in das Regal direkt neben sich. So hatte er sie dicht bei sich und musste nur seinen Kopf leicht heben, um sein neues Lieblingsspielzeug betrachten zu können. Er warf einen letzten Blick darauf und rollte sich zufrieden in seine Decke ein.

Beim Einschlafen wunderte er sich kurz, dass Bum-Bum und Purzel auch nicht in seinem Bett waren. Doch er war zu müde, um zu überlegen, wo sie wohl sein mochten.

Ein leises Geräusch ließ Peter erwachen. Er rieb sich die Augen und setzte sich auf. Um ihn herum war alles dunkel. Auch im

Flur brannte kein Licht mehr und das Haus war still. Mama und Papa waren bestimmt auch schon schlafen gegangen.

Er lauschte angestrengt. Es klang, als würde jemand singen. Peter bekam Angst und überlegte, was er tun sollte. Mama und Papa wecken? Aber das Singen klang eigentlich nicht gefährlich. Vielleicht lief einfach noch eine CD, die seine Eltern vergessen hatten? Er beschloss, erst einmal auf eigene Faust nachzusehen.

Er knipste seine Nachttischlampe an und wollte gerade die Leiter seines Hochbetts herunter klettern, als er merkte, dass kein einziges seiner Kuscheltiere mehr da war. Nicht eines saß mehr auf seinem Bett. Weder Bum-Bum noch Purzel und auch keines der anderen. Wo waren die hin?

Als er schlafen gegangen war, waren sie doch noch da gewesen. Oder nicht? Immerhin stand seine Gamestation noch so im Regal, wie er sie am Abend hineingestellt hatte.

Leise ging er durch sein Zimmer. Tatsächlich. Nirgends war eines seiner Tiere zu sehen. Auch im Regal saß keines mehr. Komisch. Hatte Mama sie eingesammelt, um sie zu waschen?

Er würde sie morgen fragen. Jetzt musste er erst einmal herausfinden, was es mit diesem Singen auf sich hatte, das noch immer zu hören war.

Er zog seine Hausschuhe an und machte sich auf den Weg durch das dunkle Haus. Seine Taschenlampe, die er zum Geburtstag bekommen hatte, nahm er mit.

Im Flur war es dunkel. Er traute sich nicht, das Licht anzuschalten. Das würde nur seine Eltern wecken. Und auch, wenn ihm etwas mulmig war, wollte er doch dieses Abenteuer für sich haben und nicht von seinen Eltern wieder ins Bett geschickt werden.

Leise schlich er die Treppe hinunter. Auf halber Höhe blieb er stehen und spähte vorsichtig ins Wohnzimmer, in das die Treppe führte.

Auch hier war es dunkel. Nur der Christbaum war zu erkennen. Seine Kerzen brannten nicht. Dennoch war er von einem goldenen Schimmer umgeben, der aus ihm selbst zu kommen schien.

Langsam ging Peter weiter. Der Gesang war nun deutlicher zu hören. Es war das Lied ‚In der Weihnachtsbäckerei'. Er schaltet die Taschenlampe an und leuchtet zum Baum.

Da waren ja seine Kuscheltiere! Wie waren die denn dahin gekommen? Hatte Papa sich etwa einen Spaß mit ihm erlauben wollen? Doch auf einmal sah er, wie sich Bum-Bum bewegte. Nein, das konnte nicht sein! Peter rieb sich die Augen und sah noch einmal genauer hin.

Tatsächlich! Bum-Bum hatte den Kopf gedreht und sah zu ihm herüber. Sein Lieblingsteddy sah ihn an! Und auch Purzel wandte sich ihm zu. Franjo, Braunchen und die anderen Tiere. Alle sahen ihn an. Mit einem Mal herrschte Stille. Kein Singen war mehr zu hören. Peter starrte die Tiere, seine Kuscheltiere, einfach an und wusste nicht, ob er wach war oder träumte.

Schließlich stand Bum-Bum auf und kam zu ihm. Peter merkte, wie sich eine pelzige Hand um die seine legte und sein Teddy ihn zum Weihnachtbaum zog.

„Komm doch Peter!", brummte Bum-Bum. „Wir hatten so gehofft, dass du uns besuchen würdest. Wir würden gerne mit dir reden!"

Schweigend setzte Peter sich in den Kreis der Tiere. Er war nach wie vor sprachlos.

„Schlafe ich noch?", murmelte er. „Das kann doch nur ein Traum sein?"

Purzel lachte und hüpfte um Peter herum.

„Tjaja, du solltest eben deiner Großmutter glauben. Sie hat dir doch erzählt, dass wir in der Heiligen Nacht lebendig werden."
„Aber, aber", stotterte Peter, „Ihr seid doch gar keine Lebewesen. Ihr seid - Kuscheltiere! Und jetzt könnt ihr euch bewegen und sogar sprechen."
„Ja, das ist eben eines der Wunder der Heiligen Nacht, die das Christkind bewirken kann", sagte Braunchen.
Er war ein alter Teddybär, schon weitgehend kahl und mit gebeugtem Rücken.
„Damals, vor vielen Jahrzehnten, hat dein Opa uns immer in der Heiligen Nacht besucht. Auch das Nachbarsmädchen war oft dabei. Wir hatten viel Spaß."
„Großmutter?", fragte Peter. Er wusste, dass sie und Opa sich schon als Kinder gekannt hatten.
„Ja", sagte Braunchen. „Deine Großmutter Lydia. Sie ist auch einer der ganz wenigen Menschen, die nicht einfach alles vergessen haben, als sie erwachsen wurden."

So unterhielten sie sich noch eine ganze Weile. Peter erfuhr viele über seine Kuscheltiere. Es war toll, mit ihnen reden zu können.
„Damals, als du mich in die Waschmaschine gesteckt hast", sagte Eribee, ein kleiner gelber Hase, „das fand ich gar nicht lustig. Mir war fürchterlich schwindelig danach. Das kann ich dir sagen."
„Tut mir leid", antwortete Peter. „Aber da war ich ja höchstens drei. Ich denke, ich wollte dich einfach waschen. Aber ich mache es bestimmt nicht wieder."
„Und eines musst du uns auch noch versprechen", sagte Bum-Bum. „Du darfst uns nicht wieder vergessen und tagelang auf dem Sofa sitzen lassen, weil dir deine Gamestation wichtiger ist."

Peter sah betreten zu Boden. Dann nickte er. „Ja, tut mir leid. Das mache ich nie wieder."
Sie saßen noch eine ganze Weile am Christbaum, redeten, sangen Weihnachtslieder, aßen Plätzchen und betrachteten den wunderschön geschmückten Baum. Sein Glanz und die zum Leben erwachten Tiere waren einfach wunderbar.

Am nächsten Morgen wurde Peter von seiner Mutter geweckt. „Aufwachen, du Schlafmütze!", rief sie. „Es ist schon 10.00 Uhr. Wir wollen doch zum Mittagessen zu Großmutter."
Peter rieb sich die Augen. Hatte er geträumt? Oder war das wirklich passiert?
Bum-Bum und Purzel saßen in seinem Bett. Auch die anderen Tiere waren an ihrem Platz. Eigentlich sah alles so aus wie immer. Doch Peter war sich sicher, dass die letzte Nacht nicht nur ein Traum gewesen war. Er nahm Bum-Bum und Purzel vorsichtig in den Arm, dann zog er sich an und ging hinunter.

„Na, mein Sohn?", sagte Papa, „kommst du auch schon zum Frühstück?"
„Ja", antwortete Peter und setzte seine Kuscheltiere auf den Stuhl neben sich. „Ich freue mich auf Großmutter. Bum-Bum, Purzel und ich haben ihr viel zu erzählen."
Er sah seine Tiere an und es schien ihm, als hätten die beiden ihm zugelächelt.